하늘 고래의 노래

이현아 글 리페 그림

국민서관

차례

고래 무덤의 이야기꾼 7

노래 좀 그만 불러 20

소소리를 모르다니 31

더 깨끗하게 치료합니다 52

깊은 바다 지혜의 숲으로 68

그 병은 고칠 수 없어 88

멋대로 오해하다니 불쾌하군 105

진짜 우리의 이야기는 118

소소리가 해 보지 못한 것 131

실망하긴 아직 일러 144

하늘 고래야, 노래를 불러 159

후포의 새로운 이야기 172

작가의 말 180

고래 무덤의 이야기꾼

그날 밤, 바다에는 강한 폭풍우가 몰아쳤다. 그러나 신기하게도 밤하늘은 어둡지 않았다. 밤하늘에 금빛 파도가 춤을 추듯 넘실댔다. 하늘을 뒤덮을 듯 몰려오다가도 이내 도망치듯 물러났다. 찬란한 그 빛을 한마디로 표현하긴 어려웠다. 금빛인가 하면 푸른빛과 붉은빛이 오묘하게 섞여 빛났고, 보랏빛인가 하면 다시 금빛으로 밤하늘을 뒤덮었다. 인간은 그런 하늘을 보며 이런저런 이름을 지어 불렀으나, 우리는 하모니라 불렀다.

하모니는 춤추는 빛이자 노래하는 빛이다. 세상에서 가장 아름다운 노래를 볼 수 있다면 그건 하모니일 것이다.

하모니를 보면 누구나 하늘 고래를 떠올렸다. 하늘 고래가 부르는 노래가 하모니라는 걸 모르는 이는 없었다.

하늘 고래 '큰빛'은 걱정스럽게 하늘 고래 '은'을 바라봤다. 은의 표정이 심상치 않았다. 은이 배 속에 품은 새끼가 생각보다 빨리 밖으로 나오려 했다. 큰빛은 검게 출렁이는 바다를 내려다봤다. 잔뜩 성난 폭풍우가 쉬지 않고 몰아쳤다.

"큰빛, 아무래도 지금 바다로 내려가야 할 것 같아."

"폭풍우가 너무 심해. 게다가 태어날 아이에게 먹일 별 가루도 아직 모으지 못했어."

"바다에 도착하기 전에 아이가 태어나면 위험해. 알잖아. 갓 태어난 하늘 고래는 하늘을 헤엄치는 방법을 몰라."

"하지만……."

"날 믿어. 우리 아이는 무사할 거야. 당신은 별 가루를 모아서 내려와. 우리 아이가 별 가루를 먹고, 노래를 부르게 해야지. 하늘로 날아오를 수 있게 말이야."

은이 진통을 참으며 애써 웃었다. 간신히 웃음 짓는 은을 보며 큰빛은 정말 시간이 없다는 걸 깨달았다.

"은, 아이를 낳고 노래를 불러. 바다 어디에 있든 당신과 아이를 찾아갈게."

큰빛은 조심스레 은의 배에 머리를 비볐다.

은은 망설이지 않고 꼬리지느러미를 힘껏 내리쳤다. 구름을 뚫고 폭풍우가 치는 바다를 향해서 빠르게 아래로 내려갔다. 굵은 빗방울과 매서운 바람이 온몸을 흔들었지만 거침없었다. 은은 지켜야 할 새끼가 있기에 두려울 게 없었다. 바다에서 새끼를 낳아 하늘을 헤엄치는 방법을 가르친 뒤, 함께 날아오를 날을 상상해 보았다. 그렇게 불안한 마음을 스스로 다독였다.

구름 위 하늘은 하늘 고래가 살기에 부족함이 없었다. 하지만 모든 게 완벽하지는 않았다. 하늘 고래는 바다에서 새끼를 낳아야만 했다.

홀로 남은 큰빛은 목청껏 노래를 불렀다. 노래가 울려 퍼지자 하모니가 피어났다. 하얀빛이 푸른빛을 품고 밤하늘을 물들였다. 폭풍우 치는 밤, 하늘에 퍼져 나가는 빛의 파도. 정말 신비롭고 경이로운 모습이었다.

"그날 밤, 내가 딱 본 거지! 폭풍우를 뚫고 내려오는 하늘 고래와 아름다운 하모니를 말이야. 얼마나 황홀한지 상상이 돼? 씨월드를 탈출 중이던 것도 까먹고 말았다니까!"

늙은 바다거북 후포가 침까지 튀기며 이야기를 이어 나갔다.

"또 시작이군, 허풍쟁이 후포."

붉은 불가사리가 재빨리 모래 속으로 숨어 버렸다. 어린 물고기 몇몇만이 여전히 호기심을 보였다.

"후포 할아버지, 그런데 씨월드를 탈출한 게 아니라 씨월드가 망해서 바다로 보내진 거 아니었어요?"

줄무늬 물고기가 말했다.

"떽! 그런 거 아니야!"

"고래 무덤에 사는 물고기는 다 그렇게 말하던데요."

"크흠, 중요한 건 그게 아니란다. 내 이야기가 재밌다는 게 중요하지."

후포는 은근슬쩍 말을 돌리며 목을 쭉 뻗었다. 습관처럼 누군가를 찾았다. 멀지 않은 곳에 덩치 작은 고래가 보였다. 후포는 슬며시 웃으며 다가갔다.

"여기 있었구나."

"후포 할아버지! 이것 좀 보세요. 알록달록한 모래예요. 어쩜 이리 고울까요?"

"고래 무덤에서 흔하게 보이는 모래인걸."

"그래도 참 예뻐요. 와! 저쪽에도 있어요."

작은 고래가 활짝 웃었다. 후포는 말없이 등을 쓰다듬었다. 작은 고래의 등에는 따개비가 붙었던 자리도 아닌데 얼룩덜룩한 무늬가 꽤 많았다.

"물고기야, 네 비늘 정말 예쁘게 반짝인다."

"문어 아주머니, 오늘도 빠르게 헤엄치시네요. 멋져요!"

"소라게야, 물방울 연주 솜씨는 네가 최고야."

작은 고래는 누구를 만나든 환히 웃으며 인사를 건넸다. 듣는 이를 행복하게 하는 사랑스러운 인사였다.

"할아버지, 이따가 재미있는 이야기 또 들려주셔야 해요."

"매일 듣는데 지겹지도 않으냐?"

"그럴 리가요! 할아버지는 최고의 이야기꾼이라고요. 다른 물고기도 모두 그렇게 생각할걸요? 아마도요, 헤헤."

작은 고래는 부드러운 모래 속에 얼굴을 파묻었다. 모래 속에 숨은 불가사리를 찾아 숨바꼭질을 할 생각이었다.

후포는 물끄러미 작은 고래를 바라보았다. 작은 고래는 유달리 몸이 작았다. 물론 물고기나 거북에 비교하면 아주 컸다. 하지만 다른 수염고래가 집채만 한 덩치인 데 반해, 작은 고래는 돌고래보다 조금 더 큰 수준이었다. 세 살 남짓한 나이를 생각해도 또래 고래 덩치의 절반밖에 되지 않았다.

"오늘은 무슨 이야기를 들려줄까?"

후포가 작은 고래 얼굴에 묻은 모래를 부드럽게 털어 주며 물었다.

"하늘 고래가 노래를 부르는 부분이요. 어떤 노래일지 상상하게 돼요. 할아버지, 노래도 들려주시면 안 돼요?"

"어떤 노래일 것 같으냐? 네 생각대로 불러 보렴."

"그럴까요? 크흠, 음음."

작은 고래는 주위를 살피더니 목소리를 가다듬었다.

"노래 부르지 마! 반쪽이 너, 노래 부르면 가만 안 둬!"

'노래'라는 말에 주변 물고기들이 잔뜩 날을 세웠다. 좀

전과는 확연히 다른 반응이었다. 어찌나 다들 눈을 부릅뜨고 씩씩대는지, 작은 고래는 아무 말도 못 하고 눈치를 살폈다. 아무리 덩치가 작다지만 고래가 고작 물고기한테 겁을 먹다니 우스운 일일지도 모른다. 그러나 고래 무덤에 사는 물고기에게는 익숙했다. 작은 고래는 밝아 보이지만 작은 일에도 잘 움츠러들었다.

작은 고래는 노래 부르는 걸 무척 좋아했다. 물론, 결코 잘 부른다고 할 수는 없었다. 쇠를 긁는 건지, 바위를 갈아대는 건지 알 수 없는 그 소리를 노래라고 할 수 있다면 말이다. 옆에서 작은 고래의 노래를 듣고 있자면, 물고기들은 비늘이 뽑혀 나갈 듯 괴로웠고 게들은 껍데기가 깨질 듯 고통스러웠다. 반쯤 만들어지다가 만 것 같은 목소리, 다른 고래의 절반밖에 안 되는 덩치, 등 절반을 차지한 얼룩덜룩한 무늬. 이런저런 이유로 바다 세상은 이 작은 고래를 '반쪽이'라 불렀다.

"괜찮아, 주눅 들 것 없단다. 처음부터 잘하는 건 재미없지. 암, 그렇고말고. 네 노래도 차차 나아질 거야."

후포가 다정하게 반쪽이를 다독였다.

"전 괜찮아요. 늘 있는 일인걸요. 잠깐 갈매기랑 놀다가 올게요!"

반쪽이가 애써 웃으며 물 위로 올라갔다. 후포는 따라가지 않았다. 이럴 때는 반쪽이를 내버려두는 편이 나았다.

"푸루루우우."

반쪽이는 숨구멍을 물 위로 내밀고 시원하게 숨을 토해 냈다. 작은 물방울들이 높이 솟아올랐다가 사르르 물 위로 떨어졌다.

"끼룩끼룩, 안녕?"

하얀 갈매기가 반쪽이 머리 위에 내려앉았다.

"오늘도 비행 연습 많이 했어? 곧 갈매기 비행 대회가 있다면서."

반쪽이가 익숙하게 말을 건넸다.

"아아, 그거? 안 하기로 했어. 대신 노래 대회에 나갈 거야. 들어 볼래? 꾸웨에엑 꾸웨에엑, 끼루루룩, 신나는 바다 갈매기……."

갈매기 노래는 엉망이었다. 반쪽이는 저도 모르게 살짝 인상을 찌푸렸다.

"어때? 우리 엄마 아빠는 내 노래를 듣고 은쟁반에 진주가 굴러가는 목소리 같대."

"정말? 부럽다."

"부러울 것까지야. 난 이제 가 볼게. 또 보자!"

갈매기가 바다 위를 미끄러지듯 날아올랐다. 반쪽이는 저 멀리 무리 지어 날아가는 갈매기들을 쳐다봤다.

"나도 엄마 아빠가 있었다면 내 노래를 좋아해 주셨을까? 나는 노래 부를 때 행복한데……."

반쪽이가 힘없이 고개를 떨구었다. 물속에 머리를 집어넣고 거대한 고래들의 무덤을 내려봤다. 고래 뼈가 끝없이 널려 있었다.

고래 무덤은 고래들의 마지막 집이다. 고래는 평생 다른 곳을 떠돌다가도 죽음을 앞두면 이곳을 찾는다. 그래서 가족을 잃은 고래는 한번쯤 고래 무덤에 머무른다. 잃어버린 가족을 마지막으로 만날 수 있지 않을까 기대하면서, 혹은 고래 무덤 어딘가에 내 가족이 잠들어 있지 않을까 생각하면서 잠시 여기서 지낸다. 떠난 고래를 그리워하고 애도하기에 고래 무덤만큼 좋은 곳은 없다. 또한 가족 없는 어린 고래가 안전하게 살 수 있는 곳이기도 하다.

반쪽이는 이곳 고래 무덤에 제법 오래 머물렀다. 어떻게 여기까지 오게 되었는지는 잘 기억나지 않는다. 반쪽이가 기억하는 먼 시간부터 여기 살았고, 곁에는 늘 후포가 함께였다. 후포 말로는 반쪽이가 씨월드에서 살기에는 무척 특별한 고래였단다. 그래서 함께 씨월드에서 나와 고래 무덤에 새 보금자리를 꾸렸다고 했다. 반쪽이가 아는 건 그게 전부다. 다른 물고기 말처럼 반쪽이라서 기억도 절반뿐인 건지, 아니면 사고로 기억을 잃었는지 알 수 없다. 당연히 엄마 아빠에 대한 기억도 없다. 가끔 고래 무덤에 쌓인 수많은 뼈를 보며 어떤 게 엄마 아빠와 닮았을까 상상하지만 아무것도 떠오르지 않았다.

'나는 왜 다른 고래처럼 노래를 잘 부르지 못하는 걸까?'

요즘 들어 반쪽이는 부쩍 그런 생각이 들었다. 고래는 노래를 불러 바다 멀리까지 신호를 보내고 가족을 부른다. 반쪽이처럼 노래를 부르지 못하는 고래는 없다.

"그만 생각하자. 후포 할아버지가 알면 속상해하실 거야."

반쪽이는 세차게 고개를 흔들며 불안한 마음을 어렵게 밀어냈다.

주위를 살핀 반쪽이가 조심스레 노래를 흥얼거렸다. 늘 머릿속에 멜로디가 맴돌지만 노랫말이 떠오르지 않는 그 노래다. 후포도 그 노래를 잘 알지 못한다고 했다. 제대로 부를 수도 없는 노래이지만 반쪽이는 그 노래가 무척 좋았다. 노랫말까지 제대로 부른다면 분명 이야기 속 하늘 고래가 부르는 노래만큼 아름다울 거라 믿었다. 그래서 반쪽이는 그 노래를 '하늘 고래의 노래'라고 이름 붙였다.

근처에서 헤엄치던 물고기들이 빠르게 꼬리지느러미를 흔들며 달아났다. 반쪽이의 노래를 듣느니, 먼바다에서 먹이를 찾는 편이 나았다. 모두가 반쪽이를 좋아했지만 반쪽이의 노래만은 싫어했다. 하지만 반쪽이는 노래 부르기를 포기할 수 없었다. 이렇게 속상할 때 반쪽이의 마음을 위로할 수 있는 건 이상하게도 그 노래뿐이었다.

노래 좀 그만 불러

큰빛은 노래를 불렀다. 쉬지 않고 하늘을 헤엄치며 목이 아프도록 노래를 불렀다.

어느 때보다 아름다운 노래였다. 폭풍우 치는 바다로 내려간 은과 태어날 새끼가 신경 쓰여 집중하기 어려웠지만, 최선을 다해 노래를 불렀다. 밤하늘에 강한 하모니가 번져 나갔다.

하모니에 이끌린 별들이 하나둘 춤을 추기 시작했다. 하모니가 아름다울수록, 빛의 파도가 강할수록, 춤추는 별이 늘어갔다. 별들이 춤을 추자 반짝반짝 별 가루가 떨어졌다. 큰빛은 온몸으로 별 가루를 받았다. 할 수 있는 한 많은 별 가루를 모으려고 애썼다.

얼마나 지났을까. 큰빛은 조금만 더 모아서 아래로 내려가야겠다고 생각했다.

우르르 쾅쾅! 휘이이익!

별안간 귀가 찢어질 듯한 엄청난 소리가 들렸다. 큰빛은 두려운 눈으로 바다를 내려봤다. 파도는 하늘까지 삼킬 듯 솟구쳤고, 휘몰아치는 비바람은 세상 모든 것을 휩쓸 기세였다. 예사롭지 않은 천둥번개에 별들은 몸을 움츠리고 빛을 감춰 버렸다.

큰빛은 하는 수 없이 이만 바다로 내려가기로 했다. 하지만 폭풍우를 뚫을 수가 없었다. 몇 번이나 몸이 튕겨 나갔다. 큰빛은 포기하지 않고 계속 몸을 던졌다. 그러는 사이, 모아 둔 별 가루가 모두 날아가 버렸다.

"은!"

큰빛은 절망감에 울음을 터뜨리며 은을 불렀다. 하지만 큰빛의 목소리는 어두운 바다에 닿지 못했다.

"헙, 할아버지?"

놀란 반쪽이가 눈을 떴다. 헤엄치다가 잠깐 쉰다는 게 그만 잠이 들고 말았다. 꿈에서 본 천둥번개가 진짜인 듯 생생했다.

'휴, 하늘 고래 이야기를 꿈에서도 보다니. 아무래도 후포 할아버지의 이야기를 너무 자주 들었나 봐.'

반쪽이는 얼른 물 위로 올라가 참은 숨을 내쉬었다.

"푸우우우우."

작은 숨구멍에서 물과 공기가 뿜어져 나왔다. 하마터면 숨 쉬는 시기를 놓칠 뻔했다. 깊게 잠들지 않도록 조심해야겠다고 생각했다.

반쪽이는 다시 고래 무덤으로 내려왔다. 주위가 지나치게 고요했다. 조개의 박수 소리도, 소라게의 거품 터지는 소리도 들리지 않았다. 불가사리를 찾아내 장난칠까 생각했지만 내키지 않았다. 엄마를 닮았을 것 같은 고래 뼈를 찾아 몸을 비볐다. 하지만 차갑고 단단할 뿐 아늑하지 않았다. 반쪽이는 엄마 품에 안겨 있는 게 어떤 느낌인지, 엄마와 두 눈을 마주치는 게 무슨 기분인지 아무것도 알 수 없었다. 괜한 애를 쓸수록 더 외로웠다. 그래서 머릿속에 맴도는 노래만 습관처럼 흥얼거렸다.

"흐으음음음, 랄라 라라라 랄라라, 흐음음……."

노랫말이 떠오를 것 같으면서도 자꾸 기억 너머로 가라앉았다.

문득 누군가 다가오는 기척이 느껴졌다. 반쪽이 얼굴이 밝아졌다. 고래 무덤을 찾아온 고래는 때가 되면 이곳을 떠났다. 그럴 때마다 반쪽이는 마음 한쪽이 쓸쓸했다. 그래도 누구든 이곳에 오면 기뻤다.

반쪽이는 노래를 멈추고 고개를 돌렸다.

"안녕, 아가야? 으흐흐."

낯선 목소리가 인사를 건넸다. 조금 전의 반가움이 확 사라졌다. 반쪽이의 입안이 빳빳이 굳었다. 인사를 건넨 이는 고래 무덤의 무법자이자 고래 사냥꾼인 범고래였다.

"고래 무덤에서 고래를 공격할 수는 없어요. 후포 할아버지가 그랬어요. 오래된 약속이라고요."

"그럼, 그럼. 나는 나쁜 범고래가 아니란다. 그런데 너 혼자 있니? 흐흐."

범고래가 반쪽이의 뒤를 살폈다.

"엄, 엄마가 곧 올 거예요."

"그래? 그럼 그때까지 나랑 놀까?"

"싫어요."

"그러지 말고 같이 놀자. 내가 너처럼 어린애랑 노는 걸 아주 좋아하거든. 흐음, 무슨 놀이가 좋을까? 꼬리잡기 놀이 어때? 잡는 쪽이…… 잡아먹는 거지!"

범고래가 날카로운 소리를 내며 달려들었다. 반쪽이는 힘껏 꼬리지느러미를 흔들었다. 고래 무덤 깊은 곳으로 빠르게 내려갔다.

'무서워! 어서 도망쳐야 해.'

고래 무덤은 반쪽이에게 집이자 놀이터였다. 어디에 가면 어떤 뼈가 있는지, 어느 곳이 막혀 있는지 잘 알았다. 반쪽이는 죽을힘을 다해 이리저리 헤엄쳤다. 범고래는 쉽게 쫓

아오지 못했다. 고래 뼈에 잘못 찔렸다가는 큰 상처가 날 테니 주의해야 했다. 하지만 범고래를 따돌리기 위해 깊은 곳으로 내려온 것이 반쪽이에게 마냥 좋은 선택은 아니었다.

'헉헉, 숨차. 물 위로 가야 해.'

어느 순간 범고래가 보이지 않았다. 잡기를 포기하고 떠났을지도 모른다. 반쪽이는 재빨리 물 위로 올라갔다.

"푸우후후루!"

숨통이 트이자 살 것 같았다. 위험에서 벗어났다는 생각에 마음이 놓였다. 혼자서 범고래를 따돌리다니 조금 우쭐한 기분도 들었다.

"찾았다!"

뒤쪽에서 소름 끼치는 목소리가 반쪽이를 덮쳤다. 범고래가 순식간에 물 위로 높이 뛰어올랐다. 그러더니 반쪽이를 물속으로 힘껏 찍어 눌렀다.

"흡!"

반쪽이가 버둥대며 몸을 비틀었다. 도무지 범고래의 공격에서 벗어날 수가 없었다. 빠져나오려고 머리를 들어 올렸지만 소용없었다. 범고래는 기다렸다는 듯이 반쪽이를 더 깊이 물속으로 밀어 넣었다. 반쪽이는 숨이 막혔다. 눈도 뜰 수 없었다. 이제 한계였다. 이대로 죽는다는 생각에 몹시 두려웠다.

"저리 비켜."

그때, 부드럽지만 나른한 목소리가 들렸다. 동시에 큰 물살이 주위를 갈랐다. 웬만한 크기의 물고기는 만들어 낼 수 없는 물살이었다.

"소란스럽게 하지 말고 저리 가. 모처럼 쉬고 있으니까."

바다 세상에서 가장 큰 대왕고래였다.

"칫, 운 좋은 줄 알아라, 꼬마야."

범고래가 뿌드득 이를 갈았다. 물러나면서도 못내 아쉬운지 반쪽이에게 눈을 떼지 않았다.

범고래가 떠난 걸 확인한 뒤, 반쪽이는 대왕고래 주변을 빙글빙글 돌았다. 대왕고래는 반쪽이의 다섯 배, 아니 열 배는 돼 보였다. 태어나서 이렇게 큰 고래를 보는 건 처음이었다.

"구해 주셔서 고맙습니다."

반쪽이가 놀란 마음을 추스르며 감사 인사를 건넸다. 하지만 대왕고래는 말이 없었다.

"아저씨처럼 큰 고래는 처음 봐요. 제가 본 고래 가운데 가장 멋져요!"

반쪽이가 살짝 들뜬 목소리로 계속 말했다.

"아저씨는 혼자 왔어요? 고래 가족이 없어요? 고래는 다른 고래와 함께 산다는데 저는 그렇지 않거든요. 아저씨도 저와 같나요? 저는 고래 무덤에서 살아요. 바다거북인 후포 할아버지와 살고 있어요."

반쪽이가 더욱 명랑하게 말을 건넸다. 대부분 고래는 같은 무리가 아닌 반쪽이가 다가오면 늘 경계했다. 그럴 때면 반쪽이는 더 웃으며 다가갔다. 밝고 친절한 웃음은 상대의 마음을 조금씩 열게 했다. 반쪽이가 다른 고래와 친해지기 위해 자연스럽게 터득한 방법이었다.

하지만 아무리 말을 걸어도 대왕고래는 반응이 없었다. 반쪽이는 머쓱해졌다. 조금 민망하기도 했다. 부끄러운 마음을 감추려고 노래를 흥얼거렸다. 대왕고래는 그제야 감은 눈을 뜨고 반쪽이를 봤다.

"너 말이야."

"네?"

반쪽이 눈빛에 기대감이 서렸다.

"노래 좀 그만 불러. 듣기 괴롭군."

대왕고래는 다시 반쯤 눈을 감았다. 그리고 천천히 물살을 가르며 나아갔다.

반쪽이 두 눈에 눈물이 왈칵 차올랐다. 누군가 제 입을 열고 수염을 하나하나 훑고 뒤집어 보는 기분이었다. 그것이 화인지, 부끄러움인지, 서러움인지, 또는 그 모든 것인지 알 수 없었다. 그저 입을 꾹 다물고 소리 내지 않으려 애썼다.

때마침 멀리서 가족을 부르는 고래 소리가 들렸다. 반쪽이는 자신을 부르는 소리가 아닌 것을 아는데도…….

"여기예요, 엄마."

힘없이 대답했다.

소소리를 모르다니

폭풍우는 생각보다 훨씬 거셌다. 은은 좀처럼 몸을 가눌 수 없었다. 이대로 바다에서 새끼를 낳았다가는 파도가 새끼 고래를 집어삼킬지도 몰랐다.

'안전한 장소를 찾아야 해.'

은은 필사적으로 바다와 가까운 하늘로 헤엄쳤다. 얼마 뒤, 큰 바위를 마주 보는 동굴이 보였다. 저곳이라면 바위가 성난 파도를 조금이나마 막아 줄 듯했다.

이제 정말 새끼가 나오려는지 진통이 점점 강해졌다. 떨리는 지느러미로 겨우 동굴 앞에 다다랐다. 파도는 여전히 사방에서 솟구치고 바람은 매서웠다. 그래도 동굴 안은 그

나마 견딜 만했다. 동굴이 더 깊었다면 좋았겠지만 이것저것 따질 처지가 아니었다.

더는 참을 수 없다는 듯 새끼가 세상으로 몸을 내밀었다. 마침내 그 작은 몸이 온전히 드러나자, 은은 모든 걱정을 잊고 환희에 차 새끼 고래를 품에 안았다. 작고 반짝이는 존재였다.

기쁨도 잠시, 은은 다시 초조해졌다. 저 반짝임이 끝나기 전에 별 가루를 먹여야만 한다. 그렇지 않으면 새끼 고래가 노래를 부를 목소리를 잃을지도 모른다. 은은 어두운 하늘을 올려봤다. 큰빛의 하모니가 보이지 않았다.

은은 얼마 남지 않은 힘을 쥐어짜며 노래를 불렀다. 하모니는 폭풍우를 이기지 못하고 자꾸만 흐트러졌다. 도무지 하늘 위로 퍼져 오르지 못했다. 힘이 거의 바닥난 은은 결정해야만 했다. 큰빛이 올 때까지 새끼 고래와 함께 버틸 것인지, 아니면 새끼 고래가 노래를 기억하도록 할 것인지.

모든 힘을 다 써서 버티고도 큰빛을 만나지 못하면 새끼 고래와 은, 모두 위험에 빠질 게 뻔하다. 하지만 새끼 고래가 하모니를 만드는 노래를 기억한다면 희망은 있다. 별 가루를 먹지 못해서 당장 노래를 부르지는 못할 것이다. 하지만 살아 있다면 어떻게든 방법을 찾아볼 수 있다.

"마지막 하모니를 너를 위해 부르마. 아가, 살아 다오. 엄마가 반드시 널 찾을게. 기억하렴, 엄마가 불러 주는 이 노래를."

은은 작고 여린 새끼 고래를 끌어안고 노래를 불렀다. 은은한 붉은빛이 새끼 고래의 온몸에 스며들었다. 새끼 바다 고래가 젖을 먹으며 어미 품을 기억하듯, 새끼 하늘 고래는 은의 하모니를 온몸으로 받아들였다. 은은 자신의 하모니가 어떤 식으로든 새끼 고래를 지켜 주길 바라며 정신을 잃었다.

우르르 쾅쾅!

큰 소리와 함께 바위가 부서졌다. 새끼 고래는 속절없이 파도에 휩쓸렸다. 정신을 잃은 은은 떠내려가는 새끼 고래를 붙잡지 못했다.

후포가 하던 이야기를 멈췄다. 어린 물고기들이 계속 듣고 싶다며 후포를 졸랐다.

"내일 또 들려주마."

후포는 어린 물고기들을 두고 빠르게 고래 무덤을 헤엄쳤다. 한참 전부터 반쪽이가 보이지 않았다. 후포 이마의 주름이 더 깊어졌다. 느낌이 좋지 않았다.

한편, 반쪽이는 고래 무덤 끝자락을 헤매는 중이었다.

꼬르륵꼬르륵, 마음은 무척 슬픈데도 배 속은 먹을 것을 달라며 아우성쳤다. 반쪽이는 배고픔을 이기지 못하고 먹이를 찾기 시작했다. 머리로 바닥을 헤집었다. 뿌연 모래 먼지가 피어올랐다. 옆새우와 바다 벼룩이 떠오르자 입안에 잔뜩 머금은 뒤 수염으로 걸러 먹었다.

쿵! 정신없이 바닥을 훑던 반쪽이가 뭔가에 머리를 박았다. 인상을 찌푸리며 주위를 둘러보았다. 모래 먼지 너머로 하얗고 큰 형체가 번져 보였다.

"앗! 죄송합니다."

반쪽이 목소리에 하얗고 큰 무언가가 화들짝 놀라며 얼어붙었다. 둘은 먼지가 가라앉을 동안 꼼짝하지 않고 서로를 쳐다봤다. 맑아진 물 뒤로 보인 하얀 것의 정체는 바로 백상아리였다.

“여, 여긴 내 구역이야!”

소리치는 백상아리 입에서 먹이 조각이 튀어나왔다. 한창 식사 중이던 백상아리를 건드리다니. 불행하게도 반쪽이는 무서운 일을 저지르고 말았다.

“살고 싶으면 당장 꺼져!”

백상아리가 으름장을 놓았다. 반쪽이는 백상아리에 대해 잘 몰랐다. 하지만 위험한 존재라는 건 후포에게 귀가 따갑도록 들어 알고 있었다. 지느러미가 떨려 왔다. 얼른 커다란 고래 뼈 뒤에 몸을 숨겼다. 그런데 백상아리는 반쪽이를 공격하지 않았다. 오히려 입에 문 먹이를 더욱 허겁지겁 삼켰다. 마치 무시무시한 백상아리가 어린 고래에게 먹이를 뺏길까 경계라도 하는 듯 보였다.

조금 뒤, 반쪽이는 백상아리가 떠났는지 보려고 슬며시 고개를 내밀었다. 백상아리는 여전히 멀지 않은 곳에 있었다. 그런데 그 모습이 조금 이상했다. 후포가 말해 준 것과 달랐다. 주위를 살피는 모양새가 난폭하지도, 사나워 보이지도 않았다.

백상아리는 오랫동안 굶었는지 정신없이 먹이를 집어삼켰다. 어찌나 급하게 먹는지, 천천히 먹으라고 등이라도 두드려 줘야 할 판이었다. 게다가 먹이가 입 밖으로 자꾸 비어져 나왔다. 한번 잡은 먹이는 절대 놓치지 않는다는 백상아리답지 않았다.

백상아리가 먹는 건 고래 뼈에 붙은 살점이었다. 살점이라고 해 봐야 제대로 된 덩어리가 아닌 누군가가 먹고 남은 찌꺼기였다. 바다에서 살다가 죽은 생명이 다른 동물의 먹이가 되는 건 당연했다. 하지만 알뜰살뜰 뼈를 핥아 대는 백상아리라니? 더군다나 눈앞에 맛있는 어린 고래가 있는데 말이다.

백상아리가 마침내 고개를 들었다. 아쉬운 듯 입맛을 쩝쩝 다시더니 유유히 자리를 떠났다. 반쪽이는 잠시 고민하다가 그 뒤를 따라갔다. 위험한 호기심이었다. 평소 반쪽이답지 않은 배짱이기도 했다. 황당한 생각이지만 백상아리가 왠지 자신을 해치지 않을 것 같았다. 백상아리도 저처럼 무리에서 떨어졌을지 모른다는 생각이 들어 괜히 마음이 쓰이기까지 했다.

백상아리는 반쪽이가 쫓아오는 걸 아는지 모르는지, 뒤돌아보지 않고 계속 앞으로 향했다. 반쪽이는 점점 백상아리에게 다가갔다. 마침내 둘 사이가 좁혀져서 지느러미 두어 개만큼 떨어진 때였다.

"크아악! 왜 따라오는 거지?"

백상아리가 휙 돌아봤다.

"그, 그, 그, 그게……."

얼마나 놀랐는지! 반쪽이는 하마터면 딸꾹질을 할 뻔했다.

"잡아먹히고 싶어?"

백상아리가 으르렁댔다.

"죄, 죄송합……. 어? 그런데 이빨이?"

반쪽이는 고개를 갸우뚱 기울였다. 백상아리 입안에는 날카로운 이빨은 몇 개 없고 죄다 부서지고 뭉뚝한 이빨뿐이었다.

"나, 나는 백상아리다! 꼬맹이 주제에."

백상아리가 소리치다 말고 입을 다물었다.

뽀글뽀글 탁탁! 별안간 뒤에서 무언가 부딪치는 소리가 났다. 백상아리가 화들짝 놀라며 돌아봤다.

“이빨 부러진 상어구먼. 또 먹이 찾으러 왔지? 세상 물정 모르는 어린 고래에게 소리 질러 뭐 하려고?”

돌 틈에서 큰 집게를 가진 게가 빼꼼히 고개를 내밀었다.

“시끄러워! 너 정도는 한입에 삼킬 수 있어!”

“흥, 퍽이나. 뭔 소리만 나면 화들짝 놀라면서.”

게는 코웃음을 치며 다시 돌 틈으로 사라졌다.

반쪽이는 보면서도 믿을 수 없었다. 무시무시한 백상아리가 게가 내는 작은 소리에 놀라다니. 그건 물고기에게 놀림받는 고래만큼이나 이상한 일이었다.

백상아리와 반쪽이 사이에 어색한 기운이 감돌았다.

“큼큼, 너 소소리의 전설 몰라?”

백상아리가 멋쩍은 듯 목소리를 가다듬고는 말을 걸었다.

“모르는데요.”

반쪽이가 동그란 두 눈을 깜빡였다.

“소소리의 전설을 정말 모른다고? 상어 한 마리가 한꺼번에 덤벼든 상어와 범고래 떼를 모두 해치웠다는 전설 말이야. 어떻게 모를 수 있지? 내가 이래 봬도 왕년에 바다를 주름잡았어. 소소리 이름 석 자만 들어도 비늘 빠지게 달아나는 물고기가 한둘이 아니었다고."

침 튀기게 이야기하던 소소리가 반쪽이를 흘깃 봤다. 똘망똘망한 두 눈을 보고 있자니 어쩐지 머쓱했다.

"이빨 부러진 상어가 바다에서 살아남기가 쉬운 줄 알아? 이 소소리니까 가능한 거라고. 재빠른 헤엄, 적을 발견하는 날카로운 감각, 감쪽같이 숨는 기술! 나를 따라올 상어는 없지. 내가 그런 상어야."

"우아아! 정말요? 대단한데요?"

마침내 반쪽이 목소리가 커졌다.

"후훗, 모두가 날 보면 무서워서 벌벌 떨었지. 내가 안 가 본 바다가 없고 안 만나 본 물고기가 없어. 상어든, 범고래든 내 앞에서 지느러미 한번 제대로 펴는 녀석이 없었다니까."

소소리는 한껏 거드름을 피웠다. 꽤 오랜만에 떠벌린 자랑이었다.

"와아아! 아저씨 정말 최고예요! 내가 이렇게 멋진 상어를 만나다니! 나도 아저씨처럼 되고 싶어요! 그런데 이빨은 왜 그래요? 어째서 고래 무덤에 살아요?"

반쪽이가 호기심 가득한 눈빛을 반짝였다.

"그건 예전에 내가……, 그런 게 있어. 애들은 몰라도 돼!"

소소리 표정이 순식간에 굳었다. 잊으려고 애쓴 기억이 불쑥 떠오른 탓이다.

바다의 모든 것이 제 지느러미 아래 있다고 믿던 그 시절, 소소리는 겁날 게 없었다. 그래서 모두가 두려워하던 검은 바다로 갔다. 그곳에서만 볼 수 있는 먹잇감을 사냥해 으스댈 생각이었다. 소소리는 먹잇감을 찾은 순간 망설임 없이 이빨로 물고 잡아 뜯었다. 그런데 "펑!" 하고 요란한 소리와 함께 먹이가 폭발했다. 그건 먹잇감이 아니었다. 인간이 던져둔 어떤 무시무시한 것이었다. 소소리는 그 일로 온몸에 큰 상처를 입었다. 시간이 지나 상처는 많이 회복되었지만 절대 되돌릴 수 없는 게 있었다. 이빨이었다. 본래 상어는 이빨이 부러지면 더 튼튼한 이빨이 나야 하건만, 무슨 이유인지 새 이빨이 나지 않았다. 그 뒤로 소소리는 고래 무덤에 숨어 살았다.

"기분 상하셨다면 죄송해요. 저는 그냥 아저씨가 너무 멋져서……."

반쪽이가 말을 채 잇기도 전이었다.

"그 아이를 괴롭히지 마!"

어느새 헤엄쳐 온 후포가 반쪽이 앞을 막아섰다.

"하, 누가 누구를 괴롭혔다는 거지?"

"당장 물러서!"

"내가 하고 싶은 말이야. 제발 좀 가! 하찮은 고래에 늙은 거북까지 내 앞을 막다니. 허헛, 미치겠군. 천하의 소소리가 어쩌다가 이렇게 된 거야."

소소리는 짜증스럽게 지느러미를 흔들며 큰 뼈 하나를 지나갔다.

"나는 하찮은 고래가 아니에요."

반쪽이가 떨리는 목소리로 말했다. 하지만 소소리는 돌아보지 않았다.

"귀찮게 한 건 죄송해요. 하지만 저는 하찮은 고래가 아니라고요. 으허헝."

반쪽이가 결국 울음을 터뜨렸다. 종일 억누른 속상함이 울컥 솟았다. 범고래에게 쫓기고, 대왕고래에게 무시당하고, 멋지다고 생각한 소소리에게 하찮다는 말까지 들었다. 오늘 하루 동안 쌓인 서러움이 너무 컸다. 반쪽이의 울음소리가 점점 더 커졌다.

"네가 하찮든 아니든, 내 알 바 아니야."

소소리가 여전히 몸을 돌린 채 시큰둥하게 대꾸했다.

"얘야, 가자. 집으로 돌아가. 저런 말은 무시하렴. 네가 얼마나 귀한데. 그럼, 귀하고말고."

후포가 반쪽이를 당겼다.

"그래그래. 넌 집에 가서 엄마 젖이나 더 먹으렴, 꼬맹아."

소소리는 끝까지 비아냥거렸다. 어린 고래에게 왜 이토록 자존심을 세우는지 스스로도 알 수 없었다. 어쩌면 어린 고래에게 상처를 준 걸로 조금 우쭐한 기분을 느끼고 싶었는지 모른다. 아니면 부러진 이빨을 들켰다는 수치심을 이렇게 덮고 싶은 것일 수도 있다.

"저는 엄마가 없어요. 아니, 있는지 없는지 잘 몰라요.

후포 할아버지와 단둘이 살거든요. 소소리 아저씨, 오늘 멋진 이야기 들려주셔서 감사해요."

반쪽이가 훌쩍이며 소소리에게 인사를 건넸다. 그리고 힘없이 돌아섰다. 후포가 반쪽이의 등을 어루만졌다.

그제야 소소리가 반쪽이를 돌아봤다. 어린 고래의 축 늘어진 지느러미를 보는데 기분이 이상했다. 상대를 제압했으니 신나거나 우쭐하거나 통쾌해야 했다. 그런데 그런 마음이 전혀 들지 않았다. 오히려 가슴이 답답했다. 사실 스스로 생각해도 어린 고래를 상대로 한 짓이 유치하기 짝이 없었다.

"하아……. 이렇게 찝찝한 기분은 정말 싫다고."

소소리가 한숨을 내쉬었다. 그리고 잠시 망설이더니 반쪽이에게 다가갔다.

"좋아. 엄마 젖이나 더 먹으라고 말한 건 취소야. 이제 됐지?"

소소리가 건성으로 말했다.

"네? 네……."

하지만 반쪽이는 여전히 시무룩했다. 소소리는 기껏 건

넨 사과가 먹히지 않자 기분이 더 찝찝했다. 물론 제대로 된 사과라고 하긴 어려운 말이었지만.

"알았어. 넌 엄마 젖을 먹지 않아도 될 만큼 의젓하게 큰 고래야. 이제 곧 남쪽 바다로 떠날 거지? 여행 잘 다녀오고, 거기서 가족도 찾든가 하고. 이 정도면 내 인사는 충분한 것 같군. 이제 정말 됐지?"

소소리가 억지웃음을 지었다. 자신처럼 되고 싶다고 생각하는 꼬맹이에게 이 정도 친절은 베풀어도 될 것 같았다. 이제 반쪽이가 고개를 끄덕이면 빠르게 멀어질 생각이었다. 다시는 마주치지 않도록.

"남쪽 바다로 떠나요? 왜요?"

그런데 반쪽이가 다시 두 눈을 반짝이며 소소리를 붙잡았다.

"어? 그거야 고래들은 겨울이면 남쪽 바다로 떠나니까."

"그곳에 가면 고래들이 많은가요? 헤어졌던 가족을 찾기도 해요?"

"뭐, 그럴 수도 있겠지. 아마도?"

소소리가 얼떨결에 고개를 끄덕이고 말았다.

"후포 할아버지, 정말이에요? 그렇다면 저도 남쪽 바다에 가고 싶어요."

"얘야, 거긴 너무 멀어. 돌아가서 하룻밤 자고 나면 기분이 나아질 거야. 차라리 고래 무덤 여기저기를 더 구경해 보자꾸나. 우리가 안 가 본 곳이 분명 있을 거야."

"엄마 아빠를 만날 수 있을지도 몰라요. 아니면 소식이라도요! 왜 날 버렸는지……, 알고 싶다고요."

"너 혼자 갈 수 있는 길이 아니야."

후포가 단호하게 고개를 흔들었다. 어쩐 일인지 평소 후포와는 달랐다.

"하지만……, 정말 가 보고 싶어요. 고래 무덤에서만 살고 싶지 않아요. 다른 고래는 다 간다면서요. 저도 갈 수 있어요. 소소리 아저씨도 저보고 의젓하게 큰 고래라고 했잖아요. 가게 해 주세요. 아니, 갈래요!"

보통 때와 다르게 고집을 부리는 건 반쪽이도 마찬가지였다. 반쪽이 마음에 작은 변화가 일어나고 있었다.

"소소리 아저씨, 도와주세요. 아저씨는 훌륭하고 용맹한 상어잖아요. 남쪽 바다까지 같이 가 주세요, 제발요."

반쪽이가 간절한 눈빛으로 소소리를 봤다.

"나? 내가? 나도 여기 숨어 사는……, 크흠. 어쨌든 그건 곤란해."

소소리가 슬그머니 고개를 돌렸다.

반쪽이는 하는 수 없이 돌아섰다. 하지만 이대로 집에 가고 싶지는 않았다. 모랫바닥에 붙어서 질질 배를 끌며 나아갔다. 뿌연 모래 먼지가 일어났다. 얼마쯤 가던 반쪽이가 갑자기 멈춰 섰다. 모랫바닥에서 무언가를 주워 들었다. 세모나고 날카로운 이빨이었다.

"이거 소소리 아저씨 거죠? 아까 아저씨 입에서 떨어지는 거 봤어요."

반쪽이가 소소리에게 다가가 세모 이빨을 건넸다.

소소리는 지느러미 위에 놓인 세모 이빨을 물끄러미 봤다. 이미 빠진 지 오래지만, 매번 입안에 꽂고 다니던 이빨이었다. 소소리의 이빨 중에 가장 크고 날카로운 것이라서 차마 버릴 수 없었다. 소소리는 비참하다고 생각될 때마다 이 이빨을 보며 영광스러운 과거를 떠올렸다. 하지만 모두 지난 일이고 추억일 뿐이었다.

"하, 하하……. 이런……."

한때는 바다 세상에서 우두머리 노릇을 하던 소소리였다. 힘도, 용기도, 자신감도 최고라 자신했었다. 그런데 지금은 고래 무덤에 숨어서 누군가에게 들킬까 봐 전전긍긍하는 꼴이라니. 스스로가 한심했다.

"저렇게 어린 고래도 세상을 향해 나아가려고 하는데……."

소소리는 세모 이빨을 움켜쥐었다. 그리고 반쪽이의 두 눈을 마주 보았다. 어린 고래의 맑은 두 눈에 제 모습이 비쳐 보였다. 문득, 어린 고래에게 자신이 초라해 보이지 않았으면 좋겠다는 생각이 들었다. 어린 고래에게만은 제법 멋진 상어로 보이고 싶었다. 모험은 소소리에게 결코 쉬운 일이 아니다. 바다는 이빨 부러진 상어에게 호락호락하지 않다. 하지만 무덤덤했던 심장이 자꾸 두근거렸다. 다시 나아가고 싶은 떨림이 느껴졌다. 이렇게 숨어 사느니 전설의 소소리로 죽는 게 나을지도 몰랐다.

"좋아. 남쪽 바다에 데려다주마. 하지만 딱 거기까지야."

소소리가 인심 쓰듯 말했다. 하지만 소소리는 어느 때보다 힘차게 지느러미를 흔들었다. 오래전 자신이 그랬던 것처럼 멋지게 파도를 뚫고 나아갔다. 그리고 그 옆에는 반쪽이가 함께했다.

더 깨끗하게 치료합니다

늙은 바다거북은 바닷가 모래 구덩이에서 태어났다. 무사히 알에서 깨어나 바다로 간 건 행운이었다. 짧은 다리로 바다까지 기어갈 때 갈매기에게 잡아먹힐 뻔하기도 했다. 욕심 많은 갈매기는 새끼 거북 두 마리를 입에 물고 가다 한 마리를 떨어뜨렸다. 그래서 늙은 바다거북은 살 수 있었다. 오랜 세월이 지났지만, 가끔 갈매기 부리 속에 남은 새끼 거북이 떠올랐다. 하지만 그것이 바다의 섭리라며 애써 기억을 지우려 했다. 그리고 모든 바다거북이 그러하듯 바다를 헤엄치며 혼자 자랐다.

어른이 되고도 한참을 살았을 때 늙은 바다거북은 그물

에 걸렸다. 버둥거릴수록 몸이 그물에 엉켜 꼼짝도 할 수 없었다. 그러다가 인간에게 구조되었다. 그들은 바다거북을 살펴보더니 어딘가로 데려갔다. 바다거북은 낯선 곳에서 치료를 받았다. 처음에는 두렵고 끔찍하게 느꼈으나 시간이 지나자 알 수 있었다. 상처를 치료하지 않았다면 바다에서 얼마 살지 못했을 것이다.

몸이 나은 바다거북은 씨월드에서 살게 되었다. 바다가 코앞에 있는 해양 놀이공원이었다. 벽 너머는 바다였고, 벽 안쪽은 큰 수족관이었다. 수족관에 사는 바다 생물을 구경하려고 새로운 인간들이 매일 씨월드로 찾아왔다.

좋지도 나쁘지도 않은 일상이었다. 편안하게 먹이를 먹고 인간들의 보살핌을 받았다. 하루에 한두 시간은 구경 온 인간들이 등딱지를 만졌다.

똑같은 하루가 반복되었다. 바다거북은 무료했다. 위험이 사라진 일상은 생각을 무디게 만들었다. 그렇게 오랫동안 지내며 늙어 갔다.

"하, 그 이야기 언제까지 들어야 하지?"

소소리가 후포 이야기에 끼어들었다.

"긴 여행길에 서로 이렇게 알아 가는 거지. 뭐가 그렇게 삐딱해?"

후포가 퉁명스레 말했다.

"그러게 왜 따라와서 그래? 늙은 바다거북이 할 수 있는 일이 뭐가 있다고."

"뭐야? 손주 같은 이 아이를 혼자 보내면 내가 다리 뻗고 잠이 오겠어?"

후포와 소소리는 틈만 나면 티격태격 싸웠다. 후포는 반쪽이가 고래 가족을 찾고 싶어 하는 것에 섭섭해하지 않았다. 다만 이 여정 끝에 반쪽이가 더 큰 상처를 받을까 두려웠다. 할 수만 있다면 고래 무덤에서 조용히 살게 하고 싶었다.

하지만 후포의 걱정과 달리, 반쪽이는 어느 때보다 기분이 좋았다. 처음 보는 광경에 입이 떡 벌어질 때가 한두 번이 아니었다. 특히 날치 떼가 물 위를 뛰어오를 때가 가장 놀라웠다. 날개같이 생긴 지느러미를 펼치고 솟아오르는

모습은 물 위를 나는 것 같았다.

"와하하!"

반쪽이는 날치 떼에게 다가가서 함께 물 위로 뛰어올랐다. 반쪽이가 만든 큰 물보라가 물고기 떼를 흩트렸다. 하지만 물고기들은 이내 줄을 맞춰 앞으로 나아갔다.

바다에서 살아가는 많은 생명이 남쪽으로 이동하는 중이었다. 겨울이어도 남쪽 바다는 따뜻하고 먹을 것이 풍부했다. 특히 고래들은 여름이 되면 북쪽 바다에서 살을 찌우고, 겨울이 되면 남쪽 바다로 가서 새끼를 낳았다. 그래서 가족과 함께 이동하는 고래들을 많이 볼 수 있었다.

"안녕! 너도 남쪽 바다로 가니?"

반쪽이가 다른 고래에게 인사를 건넸다. 반쪽이와 생김새가 조금 다른 고래였다.

"안녕! 우리 가족은 남쪽으로 가고 있어. 엄마 말로는 그곳에서 겨울을 지내고 동생도 낳을 거래."

무리에서 가장 어린 고래가 반쪽이에게 관심을 보였다.

"낯선 고래랑은 어울리지 않는 게 좋겠구나. 언제 위험한 일이 생길지 모른단다. 무리에서 절대 떨어지지 마라."

하지만 우두머리 고래는 반쪽이를 경계했다.

가끔 장난꾸러기 돌고래 가족이 반쪽이를 맞아 주기도 했다. 해초 잡기 놀이는 쉬우면서도 아주 재미있었다. 그러나 딱 거기까지였다. 다시 길을 떠날 때는 반쪽이와 함께 가지 않았다. 그럴 때면 어김없이 후포가 반쪽이 곁으로 다가왔다.

소소리는 반쪽이가 새 친구와 어울려 놀 때는 어딘가에 숨어 있다가 홀로 남으면 모습을 드러냈다. 낮과 밤을 거듭 지날수록 반쪽이는 점점 다른 고래 가족을 따라다니지 않았다. 자연스럽게 후포랑 소소리와 함께 보내는 시간이 더

욱 많아졌다. 셋은 서서히 서로에게 익숙해졌다.

반쪽이, 후포, 소소리가 함께인 게 당연해질 때쯤 남쪽 바다에 도착했다.

남쪽 바다는 맑고 아름다웠으며 먹을 것까지 풍부했다. 입을 벌리고만 있어도 작은 플랑크톤이 입안으로 밀려들었다. 한 가지 색으로 표현하기 힘든 화려한 산호초도 가득했다. 산호초를 구경하며 헤엄치다 보니 유독 물고기가 모인 곳이 있었다.

반쪽이가 조심스럽게 구경꾼들 사이로 머리를 들이밀었다.

"우리 새우 병원으로 말할 것 같으면 아버지의 할아버지, 그 할아버지의 할아버지의 할아버지부터 지금까지! 아주 오랫동안 이곳에서 여러분의 건강을 책임지고 있습니다. 입안 찌꺼기 제거부터 비늘 청소까지 못하는 게 없지요. 자, 줄을 서세요. 정성껏 치료해 드립니다."

작은 청소새우가 가슴다리를 펼쳐 흔들었다. 저렇게 가늘고 예리한 다리로 몸 구석구석 긁어낸다면 무척 시원할 것 같았다.

"청–청– 청소놀래기! 맡겨 주세요, 청소! 맡겨 주세요, 치료! 놀–래–기–가– 더 깨끗하게 치료합니다! 짝짝짝!"

바로 옆에서 작은 물고기 여럿이 모여 노래를 불렀다. 까망 줄무늬가 어여뻤다. 박자에 맞춰 물방울을 톡톡 터뜨리는 몸짓이며 하늘하늘 지느러미 춤까지. 구경하는 물고기들의 몸이 절로 들썩였다. 순식간에 청소놀래기에게 관심이 쏠렸다.

긴 여행에 지친 물고기들은 이곳에서 몸을 깨끗하게 하고 치료도 받았다. 반쪽이도 입안이 근질근질한 참이었다. 반쪽이는 손님이 적은 청소새우 쪽에 줄을 섰다. 오래 기다리지 않아 반쪽이 차례가 되었다.

"오, 처음 보는 수염고래군요. 환영합니다. 입을 크게 벌리세요."

반쪽이가 입을 벌리자 청소새우 한 마리가 성큼 안으로 들어왔다. 가느다란 다리가 입안을 훑을 때마다 간질간질 웃음이 나왔다.

"수염 사이사이에 찌꺼기가 제법 끼었군요. 걱정 마세요. 말끔하게 청소해 드리죠."

곧 여러 마리의 청소새우가 입안으로 들어오더니 이쪽저쪽 나누어서 수염을 정리해 주었다. 나오는 찌꺼기는 먹기도 하고 떼어 내기도 하며 부지런히 다리를 놀렸다. 부드럽게 간질이는 움직임이 피로를 싹 날려 주었다.

"다 됐습니다, 어떠신가요?"

청소새우가 흡족한 표정으로 반쪽이를 봤다. 반쪽이는 입을 푸르르 털어 보고 수염 안쪽도 혀로 훑어 보았다.

"아주 상쾌해요!"

얼마나 크게 외치며 좋아하는지, 청소놀래기 쪽에 몰려 있던 손님들이 청소새우 쪽으로 우르르 자리를 옮겼다. 그 사이 후포는 냉큼 청소놀래기에게 갔다. 줄을 서지 않고 바로 치료를 받을 수 있었다.

반쪽이는 소소리를 찾아 두리번거렸다. 아까부터 통 보이지 않았다. 또 감쪽같이 숨은 게 분명했다. 반쪽이는 산호초를 조금 벗어나 커다란 바위틈을 살폈다.

"찾았다! 소소리 아저씨."

반쪽이가 길쭉한 바위 뒤를 보며 활짝 웃었다. 반쪽이는 이제 소소리가 숨은 곳을 기가 막히게 찾아냈다.

"제가 뭘 하고 왔는지 알아요? 이것 보세요."

반쪽이는 입을 벌려서 깨끗해진 수염을 자랑했다.

"아저씨도 같이 가요. 몸도 건강해지고 기분도 좋아진다고요."

"난 싫어."

"그러지 말고요."

반쪽이가 막무가내로 소소리를 떠밀었다. 몇 달 새 더 커진 덩치로 밀어 대니 소소리는 당해 낼 수가 없었다. 사실 못 이기는 척 져 주고 싶은 마음도 조금 있었다.

"그럼 멀리서 구경만 할게. 구경만이다."

갑자기 백상아리가 나타난다면 좋은 분위기를 망칠지도 모른다. 하지만 소소리는 한껏 들뜬 반쪽이에게 냉정하게 말하기가 어려웠다. 하는 수 없이 산호초 쪽으로 조용히 나아갔다.

"청소 하면 새우! 새우 하면 치료! 우리 새우 병원으로 오세요. 깨끗하게 치료합니다!"

"놀-놀-놀- 놀래기 청소부! 놀-놀-놀- 놀래기 치료사! 더 깨끗하게 치료합니다!"

청소새우와 청소놀래기는 여전히 춤을 추고 노래를 부르며 손님들을 붙잡았다. 그런데 갈수록 시선 잡기가 과격해졌다.

"이봐, 놀래기! 너 아까부터 말을 기분 나쁘게 하네?"

청소새우가 긴 더듬이를 세우며 청소놀래기에게 따졌다.

"내가 뭘?"

"더 깨끗하게 치료합니다! '더'라니? 누구보다 더 깨끗하게 고친다는 거야? 지금 네가 나보다 더 깨끗하게 고친다는 소리야?"

"말이 그렇다는 거지, 별것도 아닌 걸로 왜 그래? 그럼 너는 '더 더' 깨끗하게 치료한다고 해!"

"뭐야?"

갑자기 청소새우와 청소놀래기가 싸우는 통에 소란스러워졌다. 치료를 기다리는 손님들에 싸움 구경꾼까지 모이자 산호초 지대가 더 북적였다.

"승부를 겨루자."

"좋아, 수염을 납작하게 해 주마."

"너야말로 지느러미가 납작해질걸? 그런데 누구로 대결

하지?"

"아주 특별한 손님을 찾아야겠군."

청소새우와 청소놀래기가 티격태격했다. 소소리는 구경꾼들 뒤에서 계속되는 싸움을 보고 있자니 지겨워졌다. 먼 거리를 헤엄쳐 오느라 몹시 배도 고프고 피곤했다.

"으하아암."

소소리의 눈이 살짝 감기면서 크게 하품이 나왔다.

"소소리 아저씨를 치료해 주세요!"

그때 반쪽이가 크게 외쳤다. 모든 시선이 순식간에 소소리에게 쏠렸다.

"흐어억, 상어잖아? 언제부터 우리를 지켜본 거야?"

"빨리 도망쳐야……! 잉? 이빨 봤어?"

"이빨 부러진 상어는 처음 보는데? 희한하군."

물고기들이 도망치다 말고 수군대기 시작했다. 소소리는 얼른 입을 꾹 닫았다. 그동안 누가 보는 곳에서는 절대 입을 크게 벌리지 않았다. 그런데 저도 모르게 마음을 푹 놓고 말았다. 뒤늦게 후회가 되었다.

"상어 손님, 누가 더 치료를 잘하는지 판단해 주세요."

"맡겨 주시면 더 깨끗하게 치료해 드릴게요."

청소새우와 청소놀래기가 친근하게 굴며 소소리에게 다가왔다. 이빨 부러진 상어라니, 이보다 더 특별한 손님은 찾기 힘들 것이다.

"뭐? 난 그런 거 안 해."

소소리가 잔뜩 굳은 표정으로 말했다. 그 모습을 본 구경꾼들은 점점 더 수군댔다. 이빨이 몇 개 남았는지 봤냐는 둥, 진짜 상어가 맞냐는 둥, 괜히 겁먹었다는 말까지 흘러나왔다. 반쪽이가 듣기에 아주 무례한 말들이었다.

"모르는 소리 말아요!"

참다못한 반쪽이가 버럭 화를 냈다.

"소소리 아저씨가 얼마나 대단한 상어인데요! 고래 무덤에서 여기까지 오는 동안 날 지켜 줬어요. 예전에는 어땠는지 알아요? 따뜻한 바다부터 찬 바다까지 소소리 아저씨를 모르는 물고기가 없었다고요!"

"그만해."

소소리가 반쪽이에게 속삭였다.

"그뿐이게요? 아저씨가 이렇게 인상을 팍 쓰면 누구도

꼼짝 못 할걸요? 이만큼 많은 상어랑 저만큼 많은 범고래랑 싸워도 절대 지지 않는다고요. 고래 무덤 물고기들은 다 알아요!"

반쪽이는 인상을 찌푸리고 지느러미를 활짝 펼치며, 본 적도 없는 소소리의 전설을 열렬히 알렸다.

"제발 그만해! 창피하다고!"

소소리가 목소리를 곤두세웠다. 분위기가 싸늘해졌다. 깜짝 놀란 반쪽이가 속상한 얼굴로 소소리를 쳐다봤다. 반쪽이의 맑은 눈빛에 걱정이 가득했다. 소소리는 반쪽이가 어떤 아이인지 안다. 반쪽이는 오롯이 소소리를 위해 나선 게 분명했다. 반쪽이의 진심을 모른 척하자니, 소소리는 마음이 몹시 불편했다.

"흠흠. 그러니까……, 치료받을 테니 그만하라고."

소소리가 결국 체념하며 입을 벌렸다. 반쪽이가 활짝 웃었다. 그 웃음을 보니 소소리도 웃음이 났다. 반쪽이의 말과 행동이 황당하면서도 기분 나쁘지 않았다.

"그럼 최선을 다하겠습니다."

청소새우와 청소놀래기가 왼쪽 오른쪽을 나누어 청소와

치료를 시작했다. 청소새우는 가슴다리를 빠르게 움직이며 섬세하게 청소했다. 청소놀래기도 열심이었다. 뾰족한 입을 이용해서 빠르고 정확하게 찌꺼기를 떼어 냈다. 소소리 입안은 부러진 이빨이 많아서 먹이를 대충 씹어 삼킨 데다가 오랫동안 관리를 하지 않은 탓에 손볼 곳이 많았다. 한참 뒤에야 청소새우와 청소놀래기가 일을 마쳤다.

"소소리 님, 어떠신가요? 왼쪽이 더 개운하죠?"

"무슨 소리! 소소리 님, 오른쪽이 더 만족스럽죠?"

청소새우와 청소놀래기가 살살 웃으며 눈빛을 보냈다. 소소리는 혀로 입안을 훑어 보았다. 욱신거리던 통증도, 까칠까칠한 가시도 느껴지지 않았다. 아주 흡족했다. 하지만 동시에 몹시 난처했다.

"어느 쪽이 더 낫냐면. 어헛, 그것참."

한마디로 콕 집어 누가 더 잘했다고 말하기가 어려웠다.

그때였다. 구경하던 물고기들이 순식간에 흩어지고 주위가 몹시 소란스러워졌다. 청소새우와 청소놀래기도 병원 문을 닫고 모래 속으로 쏙 들어갔다.

"흐으음, 랄라라 라라라라 으흐흐흠. 따라라라!"

반쪽이가 노래를 부르기 시작한 것이다. 여행을 시작하고 이렇게 크게 부른 건 처음이었다.

"고마워."

소소리가 긴장을 풀고 슬그머니 귀를 막았다. 사실 반쪽이의 노래는 여행길 내내 들어도 적응이 되지 않을 만큼 고약한 소리였다. 하지만 이 순간만큼은 아주 조금 반가웠다. 소소리는 난처한 상황에서 벗어나 조용히 바위틈으로 들어갔다.

사실 반쪽이는 소소리를 위해 노래한 게 아니었다. 기분이 좋아서 견딜 수가 없었다. 무사히 남쪽 바다에 도착하고, 상쾌하게 치료도 받고, 소소리와 후포가 곁에 있는 것이 좋았다. 이곳에서 좋은 일이 일어날 것만 같았다.

깊은 바다 지혜의 숲으로

씨월드에 사는 바다거북이 어제와 다를 바 없는 하루를 보낸 날이었다.

그날 밤은 폭풍우가 심하게 쳤다. 유달리 강한 파도 때문에 수족관과 바다 사이를 막는 벽에 틈이 생겼다. 밤이 깊어질수록 틈은 점점 더 벌어졌다.

바다거북은 틈 사이로 바다를 내다봤다. 피곤하고 위험한 일이 가득한 바다였다. 굳이 씨월드를 벗어나고 싶은 마음은 없었다. 그러나 막상 눈앞에 바다로 가는 길이 보이자 본능이 깨어났다. 편안함에 가려졌던 지루함이 충동을 부추겼다. 하지만 망설여졌다. 이미 자신은 늙은 바다거북이었다.

그때 하모니를 보았다. 폭풍우 치는 밤하늘에 퍼지는 황홀한 빛의 파도. 난생처음 보는 하늘이었다.

늙은 바다거북은 홀린 듯이 틈을 비집고 바다로 나왔다. 그러나 거센 파도를 이기지 못하고 떠내려갔다. 정신없는 와중에도 하모니를 찾았으나 더는 보이지 않았다. 바다로 나온 게 후회되었다.

얼마쯤 떠내려갔을 때였다. 뭔가에 부딪쳤다. 바닷가로 밀려온 새끼 고래였다. 반짝이는 몸과 매끈한 등이 아름다웠다. 오랫동안 살았지만 처음 보는 고래였다. 새끼 고래는 한눈에 봐도 위태로운 상태였다. 늙은 바다거북은 어린 시절, 저와 함께 갈매기 부리에 물렸다가 채여 간 새끼 거북이 떠올랐다. 마음 한구석을 짓누르던 기억이었다. 새끼 고래와 새끼 거북의 모습이 겹쳐 보였다.

늙은 바다거북은 폭풍우가 잦아들자 죽을힘을 다해 씨월드로 돌아왔다. 일부러 인간의 시선을 끈 다음 새끼 고래가 있는 곳으로 다시 헤엄쳤다. 이상하게 여긴 인간은 늙은 바다거북을 뒤따랐다. 그리고 새끼 고래를 구조했다. 새끼 고래는 그날부터 씨월드에서 자랐다. 그리고 씨월드에서 바다로 가는 틈은 단단히 메워졌다.

늙은 바다거북은 더는 하루가 지루하지 않았다. 과묵하던 그는 점점 말이 많아졌다. 새끼 고래가 웃을 때면 허풍마저 심해졌다. 새끼 고래와 함께하는 시간은 무척 소중했고 모든 순간이 큰 즐거움이었다.

평생 혼자였던 늙은 바다거북은 가족이 무엇인지 느낄 수 있었다.

"하 참나. 지금 늙은 바다거북이 폭풍우 치는 밤에 씨월드를 탈출해서 새끼 고래를 구했다는 거야? 설마 그 늙은 바다거북이 영감을 말하는 건 아니겠지?"

소소리가 비웃었다.

"흥, 인생을 모르는 상어 따위가 어떻게 내 이야기를 이해하겠어?"

"이 소소리가 인생을 모른다고? 나만큼 파란만장한 삶을 산 상어가 어디 있다고! 안 그래?"

소소리가 반쪽이를 툭 쳤다. 남쪽 바다로 와서 쭉 밝던 반쪽이가 기운이 없었다.

"왜 그러냐?"

후포가 걱정스레 물었다.

"오늘도 허탕이에요. 나를 꼭 닮은 고래 가족은 아무도 본 적이 없대요. 아이를 찾는다는 고래 가족도 없고요."

반쪽이는 틈만 나면 다른 고래들을 찾아다녔다. 하지만 반쪽이가 원하는 정보는 얻을 수가 없었다. 부모님을 찾을 수 있을지도 모른다는 기대감은 점점 실망감으로 변했다. 혹시 엄마 아빠가 죽은 건 아닐까, 아니면 반쪽이가 너무 미워서 버린 게 아닐까 하는 생각마저 들었다.

"이곳 바다를 아주 잘 아는 친구가 있으면 좋을 텐데. 예전에 어떤 일이 있었는지 물어볼 수 있을 테니."

소소리가 반쪽이를 보며 안타까워했다.

"지혜의 숲으로 가 봐."

누군가 대답했다. 반쪽이와 후포, 소소리는 일제히 바닥을 내려봤다. 파란빛을 뽐내는 바다 달팽이가 바위에 붙어 있었다.

"일부러 들으려고 한 건 아니야. 낮잠 자는데, 너희가 떠드는 소리가 자꾸 들리잖아. 저 동굴을 지나 깊은 바다에 들어가면 지혜의 숲이 있어. 이 바다만큼 오래된 숲이지. 거기를 가 봐. 내가 잘 수 있게 빨리 가 주면 더 좋고."

말을 마친 파란 바다 달팽이가 몸을 웅크려 다시 잠을 청했다.

"후포 할아버지, 소소리 아저씨! 그곳에 가 보고 싶어요."

반쪽이가 밝아진 얼굴로 얼른 물 위로 올라갔다. 참았던 숨을 내쉰 뒤, 공기를 크게 들이마셨다. 그리고 바닷속으로 내려와 동굴을 찾아 나섰다.

바다 달팽이가 알려 준 동굴은 생각보다 깊었다. 반쪽이는 조심스럽게 동굴을 나아갔다. 어두컴컴해서 앞이 잘 보이지 않았다. 소소리와 후포가 반쪽이 곁에 바짝 붙었다. 이윽고 동굴 끝에서 은은한 빛이 보였다. 반쪽이는 빛을 향해 더욱 속도를 냈다. 동굴을 나오자 눈앞에 놀라운 광경이 펼쳐졌다.

"바닷속에 이런 곳이 있었다니……."

"고래 무덤보다 훨씬 신비로운 곳이군."

거대한 나무가 바닷속에 뿌리를 내리고 서 있었다. 자세히 보니 한 그루가 아니었다. 나뭇잎은 없었으나 수천수만 개의 뿌리와 줄기가 마치 한 몸인 양 엉겨 있었다. 애초에 나무가 어떻게 바닷속에 뿌리를 내리게 되었는지는 알 수 없으나 바닷속에서 살아남기 위해 선택한 방법이었을 것이다. 처음에는 잎을 포기하고, 다음에는 뿌리로 서로를 감싸안으며 버텼을 테다. 그렇게 나무는 오랜 시간 동안 천천히 몸집을 불려 나가 지금에 이르렀으리라. 나무 주변에는 수많은 무언가가 날아다녔다. 마치 살아 있는 나뭇잎 같았다. 아니, 나무를 지키는 바다 요정 같았다.

"이건 뭐예요?"

"불멸의 해파리구나. 들어 본 적 있어."

후포가 헤엄치는 해파리들을 둘러봤다. 셀 수 없이 많았다. 해파리 몸에서 은은한 빛이 반짝였다. 꼭 쏟아지는 밤하늘의 별 같았다. 해파리가 없었다면 이곳은 커다란 나무 무덤으로 불렸을지도 모른다. 하지만 빛을 내며 부유하는 해파리들 덕분에 거대한 숲처럼 느껴졌다.

"나도 알아. 저 해파리는 죽지 않는다더군. 이 바다만큼 오래 살았을 수도 있어. 그만큼 아는 것도 많겠지."

소소리가 고개를 끄덕였다.

"그래서 지혜의 숲이라고 불리는군요."

반쪽이가 조심스럽게 거대한 나무로 다가갔다. 곁을 스쳐 지나가는 해파리가 무척 신비롭게 보였다.

"안녕하세요. 저는 엄마 아빠를 찾고 있어요. 혹시 저와 닮은 고래를 본 적이 있나요?"

반쪽이가 나무를 올려다보며 말했다. 사실 누구에게 말해야 할지 알 수 없었다. 나무는 말을 하지 못하는 걸 알고 있지만, 누군가 대답해 주기를 바랐다. 하지만 아무런 대답도 돌아오지 않았다.

"잃어버린 아이를 찾는다는 고래 이야기를 들어 본 적 있으세요? 아, 저는 덩치가 다른 고래보다 작고 몸이 반쯤 얼룩덜룩해요. 고래인데도 노래를……, 지독히 못 부르고요."

반쪽이가 다시 한번 용기를 냈다. 하지만 해파리들은 유유히 헤엄치기만 할 뿐 아무런 대답도 하지 않았다. 반쪽이 얼굴에 점점 슬픔이 내려앉았다.

"이 아이와 닮은 고래를 한 번도 본 적이 없으십니까? 홀로 쓰러진 아이를 제가 발견해서 키웠습니다. 폭풍우가 몹시 거세게 치는 날이었지요."

후포가 떨리는 목소리로 물었다. 후포는 지금처럼 반쪽이가 상처받을까 봐 이 여행을 반대했었다. 번번이 실망하면서도 매번 기대하는 반쪽이를 지켜보기가 힘들었다. 반쪽이가 가족을 빨리 찾거나, 아니면 정말 버려진 아이라는 말을 듣게 되더라도 빨리 이 여행을 마무리 짓고 싶었다. 그리고 가능하다면 반쪽이와 다시 고래 무덤으로 돌아가서 평온하게 살고 싶었다.

아주 오래전에 본 적이 있는 것 같군.

마침내 대답이 들려왔다. 누가 말하는지는 알 수 없었다. 부드러운 목소리가 물결을 타고 울려 퍼졌다.

"아주 오래전이라면 언제 말입니까? 이 아이는 세 살입니다."

후포가 다시 물었다.

글쎄, 오백 년도 더 지난 것 같은데.

다시 목소리가 울려 퍼졌다. 오백 년이라니 듣는 모두가 어리둥절했다.

"무슨 이야기인지 잘 모르겠군요. 자세히 말씀해 주실 수 있습니까?"

후포가 정중하게 다시 물었다.

아주 오랜 옛날, 그러니까 세상 만물이 지금과는 달랐던 오랜 옛날이야. 고래는 땅 위에서 살았어. 물 밖에서 숨 쉬는 많은 동

물처럼 말이야. 덩치 큰 고래가 땅에서 살기는 쉽지 않았지. 먹이를 구하는 것도, 먹이가 되지 않는 것도 힘든 일이었어. 그래서 고래는 땅을 떠나기로 했어. 누구는 물속으로 헤엄쳐 들어갔고 누구는 하늘 위로 날아갔어. 바다 고래와 하늘 고래로 나누어진 거지. 하늘로 간 고래는 유난히 몸이 얼룩덜룩했어. 바다에 사는 수염고래와 몹시 닮았지만 하늘을 날기 좋은 지느러미가 있었고. 꼭 그 아이처럼 말이야.

몇몇 해파리가 반쪽이를 살펴보려는 듯 다가왔다.

"하늘 고래라는 게 정말 있습니까? 그건 그저 전설 속에서나……."

후포가 몹시 혼란스러운 얼굴로 나무를 올려봤다. 나무 주위로 몰려든 해파리들이 더욱 밝은 빛을 냈다.

내가 기억하는 걸 말해 줄 뿐이야. 바다로 간 고래는 숨을 쉬기 위해 자주 물 위로 나와야 하지만, 하늘로 간 고래는 그럴 필요가 없었겠지. 그래서인지 좀처럼 하늘 아래로 모습을 드러내지 않았어. 별빛이 춤을 추면 하늘 고래가 나타난다는 이야기도 있었다만……. 어쨌거나 잘 보이지 않으니 쉽게 잊혔겠지.

"그건 그냥 옛날이야기잖아요. 후포 할아버지가 매일 들려주는 이야기인걸요. 저는 엄마와 아빠를 찾고 싶어요. 제가 정말 버려진 건지 알고 싶어요."

결국 반쪽이가 울먹였다.

아이야. 고래 가족은 쉽게 새끼 고래를 포기하지 않는단다. 홀로 남은 새끼는 분명 죽고 말거든. 네가 이렇게 살아 있다는 건, 어미가 어떻게든 보살폈다는 뜻이겠지. 떠난 이유는 알 수 없지만 말이다. 게다가 고래 가족은 아니지만 네 곁에는 소중한 가족이 있지 않니? 슬퍼 말고 앞으로 나아가렴. 지나간 시간 속에서는 새로운 일이 일어나지 않는단다. 내가 너에게 해 줄 수 있는 말은 이게 전부구나.

인자한 목소리가 물결을 타고 반쪽이에게 전해졌다. 반쪽이는 흐르는 눈물을 훔쳤다. 원하는 대답은 듣지 못했지만 마음이 가벼워졌다. 지혜의 숲이라 불리는 이곳을 가만히 둘러봤다. 그리고 깨달았다. 지혜의 숲은 원하는 답을 주는 곳이 아니었다. 스스로 답을 찾아서 지혜롭게 나아가도록 도와주는 곳이었다. 그동안 흔들리기만 했던 반쪽이 마음에 작지만 굳은 심지가 생겨났다.

'그래, 난 혼자가 아니야. 후포 할아버지랑 소소리 아저씨가 있잖아. 여기까지 온 것도 잘한 거야.'

반쪽이가 처음으로 자신을 다독였다. 그리고 더는 다른 고래를 쫓아다니지 않기로 마음먹었다. 찾던 소식을 듣는다면 기쁘겠지만 앞으로의 시간을 모두 그 일에 쓰고 싶지는 않았다. 이 여행을 조금 더 즐기는 게 좋을 것 같았다. 이토록 아름다운 남쪽 바다 생활에 더 집중하기로 했다.

다시 돌아온 산호초 지대는 여전히 왁자지껄했고 노래와 춤으로 흥겨웠다. 남쪽 바다에 머무는 모두가 따뜻한 겨울을 충분히 즐겼다. 지혜의 숲에 가기 전과 달라진 건 없었다. 반쪽이는 이곳이 고래 무덤을 떠나 헤엄쳐 온 첫 번째 여행지라는 사실을 떠올렸다. 고래답게 떠난 여행이었다. 그러자 반쪽이 눈에 모든 것이 새로워 보였다.

달라진 건 반쪽이만이 아니었다. 남쪽 바다까지만 데려

다줄 거라고 했던 소소리는 계속 후포와 반쪽이 곁에 머물렀다. 배가 고프면 멀리 떨어진 곳으로 가서 다른 동물이 먹다 남긴 찌꺼기를 찾았다. 확실히 산호초 지대는 고래 무덤보다 먹을 것이 풍부했다. 소소리는 여전히 숨을 곳을 찾아다녔지만 곧 포기할 수밖에 없었다. 소소리가 숨을 때마다 반쪽이가 노래를 불렀기 때문이다. 노래 제목은 '소소리 아저씨를 찾아서'였다. 고래 무덤에서 살 때는 물고기들이 눈을 흘기기만 해도 노래를 부르지 않던 반쪽이였다. 하지만 지혜의 숲에 다녀온 뒤로는 그러지 않았다. 조금 더 자신을 드러내고 자신 있게 목소리를 높였다. 여전히 지독한 목소리였지만 말이다.

반쪽이의 노래 때문에 괴로워하던 물고기들은 화를 내는 대신 적당히 자리를 피했다. 언제나 다정하고 사랑스러운 반쪽이에게 모진 말을 할 수 없었다. 소소리에게도 적당히 곁을 내주었다. 소소리는 늘 점잖았고 다른 물고기를 위협하지 않았다. 얼마 지나지 않아서 소소리를 보며 뒤에서 수군대는 물고기도 사라졌다.

후포는 틈만 나면 어린 물고기를 모아 두고 이야기를 들려줬다. 아주 특별한 하늘 고래의 이야기는 특히 인기가 많았다. 어느새 반쪽이, 후포, 소소리 모두가 산호초 지대의 삶에 스며들었다.

어느덧 한 달이 넘게 흘렀다. 노래를 심각하게 못 부르는 어린 고래와 이야기꾼 늙은 바다거북과 이빨 부러진 상어 가족 이야기는 이제 남쪽 바다에서 새삼스럽지 않았다.

"푸우우루."

물 위로 올라온 반쪽이가 하늘을 올려봤다. 벌써 해가 기울고 있었다. 지겨울 틈 없는 남쪽 바다의 하루는 빠르게 지나갔다. 해가 지는 물 밖은 바닷속보다 조용했다. 파도 소리를 빼면 들리는 거라고는 간간이 들려오는 바닷새의 울음뿐이었다.

반쪽이는 어두워진 하늘을 보며 노래를 흥얼거렸다. 반쪽이가 '하늘 고래의 노래'라고 이름 붙인 그 노래였다. 이른 잠을 청하는 누군가가 있을까 봐 목소리를 낮추었다. 하지만 마음 한편에 엄마 아빠에게 이 노래가 닿았으면 좋겠다는 생각도 들었다.

"랄라라 라라라, 흐음음 따라라 따라란……."

조용한 노래가 이어졌다. 반쪽이는 시도 때도 없이 노래를 불렀다. 물론 밝아진 반쪽이는 보기 좋았다. 하지만 가까이에서 자주 반쪽이의 노래를 듣는 소소리는 지쳐 갔다.

"또 그 노래군, 으으윽."

반쪽이를 찾으러 나온 소소리가 괴로워했다.

"하지만 이 노래를 부를 때 정말 행복한걸요."

반쪽이가 해맑게 웃었다.

"누가 부르지 말랬냐. 어휴, 이대로는 안 되겠어. 쩍쩍 갈라지는 그 목소리를 고칠 수 있는지 알아봐야겠군."

소소리가 고개를 절레절레 흔들며 자리를 떠났다.

반쪽이는 그 자리에 남아서 계속 하늘을 봤다. 어느새 하늘은 깜깜해지고 밝은 달이 바다를 비추었다. 아주 밝은 달이었다. 물 위에 비친 달빛이 반짝였다. 반쪽이는 꼬리 지느러미로 물 위를 내리쳤다. 첨벙! 흐트러진 달빛이 이내 제 모습을 찾았다. 별빛도 바다 위로 내려앉았다. 반쪽이는 지느러미를 들고 밤하늘에 뜬 별빛을 따라 허공에 그림을 그렸다. 물고기 모양, 불가사리 모양 그리고 헤엄치는 고래 모양을 차례로 그려 보았다.

"고래 별자리!"

별안간 기억 한 조각이 떠올랐다. 별빛을 선으로 이으면 고래 모양이 되던 고래 별자리. 익숙한 멜로디와 함께 고래 별자리가 기억났다.

"그런데 내가 이걸 어디서 봤지?"

머릿속이 뒤죽박죽 섞인 것 같았다. 기억이 선명히 떠오를 듯하다가도 자꾸 흐려졌다.

그때였다. 누군가의 노랫소리가 들렸다.

기억하나요
하늘 고래의 노래를
별빛이 춤을 추는 하늘 바다를
기억하지 못해도 느낄 수 있어요
반짝이는 고래가 헤엄치는 곳
우리가 만나 꿈을 꾸는 곳
……

처음 듣는 노랫말이었지만 반쪽이는 바로 알 수 있었다.

그동안 흥얼거리기만 했던 하늘 고래의 노래였다. 노래를 들을수록 확신했다. 흐릿한 기억 속에 남아 있는 노래가 분명했다. 하늘 고래의 노래를 아는 이가 있다.

지금 바로 여기에!

그 병은 고칠 수 없어

인간들은 어린 고래가 씨월드의 새로운 스타가 될 거라 믿었다. 많은 것을 주고 그만큼 많은 것을 기대했다. 어린 고래가 감당하기에는 너무 큰 관심이었다.

늙은 바다거북의 관심은 그런 것과 달랐다. 그는 살뜰하게 어린 고래를 보살폈다. 오직 어린 고래의 행복만을 바라며 마음을 쏟았다.

어린 고래는 돌고래 무리와 함께 재주를 연습하고 선보였다. 관객들은 어린 고래의 등장만으로 환호했다. 그러나 머지않아 더 특별한 것을 보고 싶어 했다. 어린 고래는 노력했다. 하지만 돌고래처럼 다양한 재주를 뽐내지 못했다.

아무도 어린 고래를 비난하지 않았다. 그러나 실망한 눈빛마저 숨길 수는 없었다. 어린 고래는 더 많은 것을 더 훌륭히 해내야 한다는 것을 깨달았다.

늙은 바다거북은 어린 고래가 애쓰는 게 싫었다. 돌고래와 어린 고래는 다르다. 늙은 바다거북은 그걸 알았지만 어린 고래는 몰랐다. 어린 고래의 마음은 조금씩 병들어 갔다. 늙은 바다거북은 다시 씨월드를 나가야겠다고 생각했다. 이번에는 어린 고래와 함께 가기로 마음먹었다. 하지만 쉬운 일은 아니었다.

늙은 바다거북은 가오리에게 도움을 요청했다. 가오리라면 방법을 알 거라고 믿었다. 가오리는 씨월드에서 가장 영리했다. 하지만 남의 일에 관심이 없었다. 당연히 늙은 바다거북의 부탁을 거절했다. 늙은 바다거북은 가오리를 설득할 방법을 몰랐다. 그래서 고개를 숙이고 진심으로 간청했다.

"저 아이가 행복해지도록 제발 도와주게."

수백 번, 수천 번 도와달라고 빌었다. 늙은 바다거북이 할 수 있는 일이 그뿐이어서 빌고 또 빌었다.

가오리는 늙은 바다거북이 왜 저렇게까지 하는지 이해할 수 없었다. 어느 날 문득, 가오리는 처음으로 그 마음이 궁금해졌다. 그래서 도와주겠다고 말했다. 하지만 씨월드를 나가는 건 위험한 일이었다. 누군가의 희생이 필요했다. 늙은 바다거북은 그 희생이 무엇을 뜻하는지 알았다. 알지만 그저 고맙다고, 고맙다고만 말했다.

후포는 오랜만에 옛날 생각에 잠겼다. 누구에게도 말하지 않은 채, 오랜 시간 잊고 지낸 일이었다. 사실은 떠올리고 싶지 않아서 꾹꾹 눌러 온 기억이었다. 그런데 뜬금없이 생각나다니 왠지 모르게 꺼림칙했다. 고래 무덤을 떠난 지 오래다 보니, 집이 그리워서 그렇다며 후포는 마음을 진정시켰다.

"얘는 또 어딜 간 거야?"

후포는 마음 한편이 불안해졌다. 반쪽이가 어디 갔는지 보이지 않았다. 마침 지나가던 소소리가 보였다. 후포는 소소리를 붙잡고 반쪽이를 봤는지 물었다.

"안 그래도 그 녀석을 찾고 있었어. 조금 전까지 물 위에 있었는데 다시 가 보니 없더군. 당장 나랑 같이 갈 곳이 있는데 말이야. 금방 찾아서 데려올 테니 영감은 걱정 뚝 그치셔."

소소리가 여유롭게 대답하고는 반쪽이를 찾아 나섰다.

한편, 반쪽이는 바다 아래로 내려와 주위를 샅샅이 살피고 있었다. 이미 노랫소리는 끊긴 뒤였다. 하지만 포기할 수 없었다. 반쪽이 머릿속에 맴돌던 그 노래를 어떻게 아는지 물어봐야 했다. 어쩌면 반쪽이가 그토록 찾고 싶었던 가족일지도 모른다. 아니면 뭔가를 알 수 있는 실마리일 수도 있다. 그게 무엇이든 새로운 기대감과 알 수 없는 불안감에 반쪽이의 가슴이 요동쳤다.

한참을 헤매던 반쪽이는 화려한 산호초 사이 모랫바닥이 유난히 불룩 솟았다는 걸 깨달았다. 조심스럽게 모래로 다가갔다. 모래 틈으로 반짝이는 눈이 보였다. 모래 더미인 줄 알았던 그것은 커다란 가오리였다.

"혹시 노래를 부르셨나요?"

가오리를 보는 순간 반쪽이의 머릿속에 후포가 들려준 이야기가 떠올랐다. 이유는 알 수 없으나 이야기 속에 나오는 가오리가 모래 속에 숨은 가오리와 똑 닮았다는 생각이 들었다.

"맞죠? 아까 노래 불렀죠? 그 노래를 어떻게 알아요?"

반쪽이가 몹시 초조해져 질문을 퍼부었다. 궁금한 게 아주 많았다. 듣고 싶은 말이 많았다. 하지만 이런 마음을 아는지 모르는지 가오리는 아무런 대답이 없었다.

"여기서 뭐 해? 한참 찾았다고."

뒤쪽에서 소소리가 나타났다. 반쪽이를 찾느라 산호초 여기저기를 한참 돌아다니던 참이었다. 반쪽이가 소소리의 목소리를 듣고 뒤를 돌아봤다. 그사이 가오리가 감쪽같이 모습을 감췄다. 순식간에 가오리가 사라지자 반쪽이는 몹시 당황했다. 어떤 흔적도 찾을 수 없었다.

"같이 병원에 가자. 네 목소리를 고칠 방법을 알아냈어."

소소리가 반쪽이를 잡아당겼다.

"잠깐만요. 여기 가오리가 있어요."

"무슨 가오리? 아무도 없는데?"

"하늘 고래의 노래를 아는 가오리예요. 분명 그 노래를 불렀어요."

반쪽이가 마구잡이로 모래를 헤집었다.

"캑캑, 먼지 좀 그만 일으켜. 여기 그 노래 모르는 물고기가 어디 있냐. 네가 종일 불러 대는데. 나도 알아."

"하지만 노랫말을 알고 있었어요. 멜로디도 정확했다고요. 저보다 더 많이 알고 있었어요!"

"대충 지어내서 불렀겠지. 노랫말이야 부르는 물고기 마음 아니야? 그것보다 당장 병원에 가자. 내가 알아봤는데 네 목에 가시가 끼었을 수 있대. 아니면 무시무시한 기생충이 있거나. 그러니까 노래를 부를 때마다 지독한 목소리가 나오는 거지. 더 큰 병이 생기기 전에 치료하는 게 좋아."

소소리가 반쪽이를 떠밀었다. 반쪽이는 이곳을 떠나는 게 내키지 않았다. 하지만 작정하고 꼭꼭 숨은 가오리를 찾기는 어려울 것 같았다. 하는 수 없이 재촉하는 소소리를 따라나섰다. 가면서도 얼마나 미련이 남는지 지느러미가 영 엉거주춤했다.

"아– 해 보세요."

병원에 도착하자마자 청소새우와 청소놀래기 무리가 한꺼번에 반쪽이의 입안으로 들어왔다. 여러 마리가 입안을 돌아다니니 반쪽이는 웃음이 절로 새어 나왔다.

"히히힛, 너무 간지러워요."

"더 크게 벌려요!"

청소새우가 호통을 쳤다. 반쪽이는 웃음을 꾹 참았다. 웃다가 청소새우와 청소놀래기를 삼키는 일이 없도록 턱에 힘을 주고, 빳빳하게 수염을 세웠다.

청소새우와 청소놀래기 무리는 목구멍을 한참 살폈다. 중간중간 저들끼리 모여서 이야기도 나누었다. 그리고 다시 목구멍 깊숙한 곳까지 들락날락했다. 나중에는 아예 청소새우와 청소놀래기 무리가 한데 모여서 쑥덕댔다.

오랜 시간 끝에 청소새우와 청소놀래기가 입 밖으로 나왔다. 표정이 몹시 어두웠다.

"목구멍에 뭐가 있어? 심각해?"

소소리가 청소새우와 청소놀래기를 다그쳤다.

"흠, 이건 놀래기가 말하는 게 좋겠군요."

청소새우가 청소놀래기를 소소리 앞으로 슬쩍 떠밀었다.

“왜 나한테 그래? 네가 말해.”

청소놀래기가 청소새우 옆구리를 툭 쳤다.

“먹이 조각 네가 더 많이 가져갔잖아. 그러니까 네가 말하는 게 맞지!”

“내가 목구멍에 더 깊이 들어갔잖아. 내가 더 고생했으니까 네가 말해!”

청소새우와 청소놀래기가 또 싸우기 시작했다.

지켜보던 소소리 표정이 점점 험상궂게 변했다.

"그만! 내가 이빨 부러진 상어지만 너희 정도는 한입에 잡아먹을 수 있어. 화나게 하지 말고 빨리 말해. 셋 세면 동시에 말한다. 하나, 둘, 셋!"

"못 고쳐요!"

청소새우와 청소놀래기가 서로 부둥켜안고 바들바들 떨었다. 병을 못 고친다고 이렇게 겁먹을 이유는 없었다. 하지만 그들은 몹시 켕기는 점이 있었다.

"못 고치는 병이 없다며! 심각한 병이 있어서 당장 안 고치면 큰일 난다며! 먼저 값부터 치르라고 해서 내가 특별 주문한 먹이를 잔뜩 구해 줬잖아. 그런데 지금 와서 못 고쳐? 먹은 거 다시 내놔! 아니면 내가 너희부터……!"

소소리가 몇 개 남지 않은 날카로운 이빨을 드러냈다. 물론 부러지거나 뭉툭한 이빨이 훨씬 많았지만 백상아리가 사납게 갈아 대니 등골이 오싹했다.

"잠깐만요! 소소리 아저씨, 바로 저 가오리예요."

반쪽이가 소소리를 붙잡았다. 소소리가 이빨을 와작와작 부딪치다 말고 반쪽이가 가리키는 곳을 쳐다봤다. 커다란 가오리가 이쪽을 보고 있었다.

"아, 저 가오리?"

"쟤는 안 돼. 청소해 줄 수 없어."

청소새우와 청소놀래기가 미리 입을 맞추기라도 한 듯 딱 잘라 말했다. 반쪽이가 저 가오리를 청소해 줄 수 있냐고 묻는 줄 안 것이다. 그러고 보니 가오리의 꼴이 꾀죄죄했다. 멀리서 봐도 배에 기생충이 군데군데 붙어 있고 더러운 찌꺼기도 꽤 많았다.

"왜요?"

반쪽이가 되물었다. 청소새우와 청소놀래기가 이제껏 지저분한 물고기를 볼 때 보인 반응과 달라서 몹시 의아했다.

"검은 바다에서 온 가오리잖아."

검은 바다라는 말을 듣는 순간 소소리 얼굴이 새하얗게 질렸다.

"검은 바다요? 그게 뭔데요?"

반쪽이는 눈치채지 못하고 천진하게 물었다.

"우리도 잘 몰라. 그냥 그곳을 검은 바다라고 불러."

"맞아. 알고 싶지도 않고 가고 싶지도 않아. 거기서 온 애들은 보통 저래."

청소새우와 청소놀래기가 못 볼 것이라도 본 양 절레절레 고개를 흔들었다.

"저런 게 어떤 건데요?"

반쪽이가 계속해서 물었다.

"저런 게 저런 거지 뭐. 저런 게 어떤 건지 모르니까 무서운 거지. 어쨌든 저 가오리에겐 청소도, 치료도 해 줄 수 없어."

청소새우가 가슴다리를 사납게 흔들며 내저었다.

"맞아, 맞아. 저 가오리는 아무 말도 안 해. 항상 이상한 눈빛으로 여기저기를 떠돈다고. 검은 바다에서 이상한 병에 걸린 게 분명해. 치료해 주다가 우리까지 이상해지면 어떡해?"

청소놀래기가 지느러미를 흔들며 맞장구쳤다.

"그런데 소소리 님, 얼굴빛이 좋지 않군요. 어디가 아프신가요?"

"정말 그렇네요. 저희가 좀 봐 드릴까요?"

청소새우와 청소놀래기가 살살 웃으며 소소리에게 다가갔다. 먹이만 잔뜩 얻어먹고 반쪽이를 고치지 못했으니 소소리의 마음을 돌려야만 했다.

"뭐? 나, 나는 멀쩡해. 흥, 그러고 보니 너희들 돌팔이잖아?"

소소리가 화들짝 놀라 짐짓 괜찮은 척했다. 검은 바다에서 겪었던 일이 떠오르자 몸이 움츠러들었다. 하지만 이미 오랜 시간이 지난 일이었다. 소소리는 두려움을 누르려고 일부러 콧방귀를 뀌며 큰소리쳤다.

"우리가 돌팔이라고요? 역사와 전통을 자랑하는 새우 병원이라고요!"

"어떻게 그렇게 심한 말을 하죠? 우리 놀래기의 실력은 최고라고요!"

청소새우와 청소놀래기가 입을 모아 따졌다. 아까와 달리 쿵작쿵작 아주 마음이 잘 맞았다. 그 모습을 보고 있자니 소소리의 마음이 편안해졌다. 지금 자신은 검은 바다가 아니라 산호초 지대에 있다는 사실을 되새겼다.

"무슨 병인지도 모른다면서 이상해지는지 어떻게 알아? 크큭. 그냥 뭔지 몰라서 무섭다고 말해. 아니면 고칠 줄 모른다고 하거나."

"뭐라고요?"

청소새우와 청소놀래기가 화를 참지 못하고 파르르 떨었다.

소소리는 평정심을 되찾고 나자 청소새우와 청소놀래기가 한 짓이 더욱 괘씸했다. 그래서 오랜만에 숨겨 둔 재주를 꺼냈다. 상대방 약을 바짝 올리며 분노로 부들부들 떨게 하는 말싸움 기술. 흥분한 상대가 허점을 보이는 순간 단번에 제압하는 게 소소리가 싸우는 방식이었다. 물론 자신의 이빨보다 작은 청소새우와 청소놀래기에게 쓸 건 아니었다. 그건 누가 봐도 몹시 유치하고 우스운 일이었다. 그러나 소소리는 유치한 이 싸움에 진심이었다. 그래서 반쪽이가 가오리에게 가는 걸 눈치채지 못했다.

반쪽이는 소란스러운 청소새우와 청소놀래기, 소소리를 뒤로하고 가오리에게 다가갔다. 혹시라도 가오리가 도망갈까 봐 걱정됐다. 가오리에게 절대 눈을 떼지 않으면서 천천히 헤엄쳤다.

걱정과 달리 가오리는 계속 그 자리에 머물렀다. 오히려 반쪽이를 기다리는 듯했다. 둘 사이가 가까워지자 가오리는 천천히 북쪽으로 헤엄쳤다. 반쪽이가 충분히 쫓아갈 수 있는 속도였다. 가오리는 반쪽이가 잘 따라오는지 계속 뒤를 확인했다. 분명 반쪽이를 데려가고 싶은 곳이 있는 것이다. 반쪽이는 그 신호를 놓치지 않고 가오리 뒤를 따랐다. 둘은 서서히 산호초에서 멀어졌다.

산호초 지대를 완전히 벗어나자 지나가는 물고기도 뜸해졌다. 가오리는 천천히 물 위로 올라갔다. 그리고 반쪽이를 기다렸다.

"푸우우루루."

물 위로 올라온 반쪽이가 숨을 크게 내쉬었다. 가오리는 가만히 그 모습을 지켜보더니 고개를 까딱였다. 앞장설 테니 잘 따라오라는 신호였다. 반쪽이는 신선한 공기를 가득 들이마신 뒤 고개를 끄덕였다. 그러자 가오리가 힘차게 앞으로 나아갔다. 어딘지 모를 목적지를 향해 쉬지 않고 움직였다.

반쪽이도 열심히 헤엄쳤다. 얼마나 지났을까. 숨이 차고 가슴이 뻐근했다. 예전보다 숨을 참을 수 있는 시간이 짧아졌다. 조금 쉬었다 가고 싶었다. 가오리를 불러 세우는 게 좋을 것 같았다. 때맞춰 가오리가 멈춰 섰다.

처음 와 보는 바다였다. 산호초 지대에서 꽤 멀리 떨어진 곳이었다. 낯선 냄새가 희미하게 코끝을 스쳤다. 인간들이 사는 땅과 가까운 바다였다.

"저를 왜 여기로 데려온 거예요? 하늘 고래의 노래를 아세요?"

반쪽이가 다시 한번 질문을 쏟아 냈다. 가오리는 여전히 말이 없었다. 청소새우와 청소놀래기 말대로 이상한 가오리일지도 모른다. 반쪽이 마음에 찬 기대감이 다시 실망감으로 바뀌었다.

가오리는 대답 대신 물 위를 살폈다. 산호초 바다와 달리 물 위에 뭔가 둥둥 떠다녔다. 인간들이 사는 곳과 가까운 바다다 보니, 쓰레기나 잡다한 것이 많았다. 가오리가 휙 돌더니 꼬리지느러미로 검은 천 조각을 건져 올렸다. 그리고 반쪽이에게 내밀었다.

반쪽이는 의아한 표정으로 천 조각을 살폈다. 그게 무엇인지 깨닫는 순간 그대로 몸이 굳어 버렸다.

멋대로 오해하다니 불쾌하군

늙은 바다거북은 씨월드를 빠져나왔다. 등딱지에 큰 상처를 입었지만 상관없었다. 어린 고래가 함께라는 사실에 안도했다.

늙은 바다거북은 어린 고래에게 안전한 곳을 찾았다. 씨월드에서 멀리 떨어진, 인간들의 손이 닿지 않는 곳이었다. 늙은 바다거북은 어린 고래를 살뜰히 보살폈다. 어린 고래는 천천히 웃음을 되찾았다. 하루가 다르게 무럭무럭 자랐다. 그리고 마침내 하늘 고래만이 부를 수 있는 특별한 노래도 할 수 있게 되었다.

하늘 고래가 만들어 낸 하모니는 더할 나위 없이 멋졌

다. 늙은 바다거북은 헤어질 때가 왔다는 걸 알았다. 하늘에서 살아야 하는 고래를 언제까지 바다에 붙잡아 둘 수는 없었다. 하늘 고래 가족이 구름 위에서 기다리고 있었다.

늙은 바다거북은 몹시 슬펐다. 하지만 슬퍼하는 모습을 보이지 않았다. 하늘 고래가 마음 아파하지 않기를 바랐다.

"돌아가렴, 너의 가족이 기다리는 하늘로."

"여기서 지낸 시간을 잊으면 어쩌죠?"

"잊어도 괜찮단다. 앞으로 너에게는 더 멋진 나날들이 펼쳐질 테니."

몇 번의 망설임 끝에 하늘 고래는 날아올랐다. 노래를 부르며 힘차게 날아올랐다.

"행복해지렴. 언제나 널 기억하마."

멀어지는 하늘 고래를 보며 늙은 바다거북이 마지막 인사를 건넸다.

그날 밤, 늙은 바다거북은 어두운 하늘을 올려봤다. 금빛으로 술렁이는 밤하늘을 한 무리의 하늘 고래 가족이 가로질렀다. 그제야 늙은 바다거북은 마음을 놓았다. 하늘 고래가 지나간 자리에 고래 별자리가 빛났다.

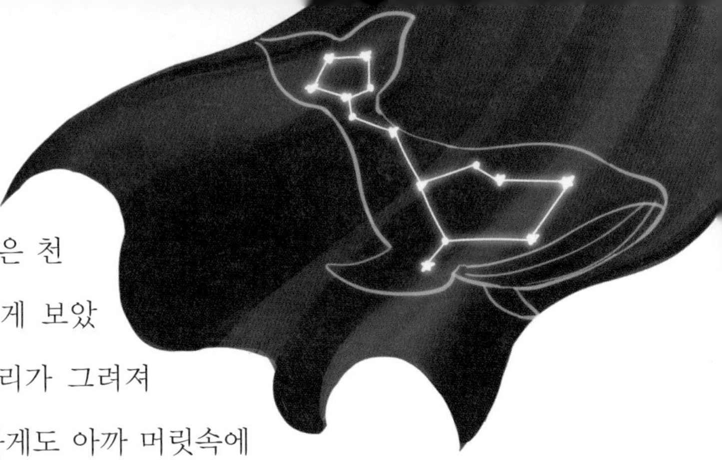

반쪽이는 검은 천 조각을 뚫어지게 보았다. 고래 별자리가 그려져 있었다. 신기하게도 아까 머릿속에 떠오른 별자리와 똑같았다. 그러고 보니 후포가 들려준 하늘 고래 이야기 끝에도 항상 고래 별자리가 나왔다. 후포의 이야기는 언제나 재미있고 때로는 과장되었고 조금은 웃겼다. 하지만 이야기의 마지막 장면에 이르면 후포는 몹시 차분해졌다. 하늘 고래가 어떻게 씨월드에서 나왔는지도 자세히 알려 주지 않았다. 하늘 고래가 떠나는 이야기를 할 때면 슬픈 표정을 짓기도 했다.

"하늘 고래도 힘든 시간이 있었을 거야. 하지만 그건 하늘 고래가 부족해서가 아니란다. 아주 특별했기 때문이지. 얘야, 너는 아주 사랑스럽고 특별한 아이야. 힘들고 속상한 일이 생길 때마다 기억하렴."

그리고 이야기가 끝나면 반쪽이에게 꼭 이런 말을 건넸다. 반쪽이는 종종 하늘 고래 가족이 떠난 뒤에 나타나는 고래 별자리를 상상했다. 언젠가 자신도 반짝반짝한 존재가 될 수 있을 것 같았다.

"이건 고래 별자리인가요?"

검은 천 조각에 그려진 고래 별자리는 보면 볼수록 이야기 속 고래 별자리와 꼭 들어맞았다. 어쩌면 후포가 이 그림을 보고 이야기의 마지막 장면을 만들어 냈을지도 모른다. 하지만 후포는 이런 그림이 정말로 있다고 말해 준 적이 없었다.

"하늘 고래의 모습을 고래 별자리로 나타낸 거지."

드디어 가오리가 말을 했다.

"누가요?"

"인간들이."

인간이라는 말에 반쪽이의 몸이 움찔 떨렸다.

"아저씨도 하늘 고래를 본 적 있어요?"

"물론."

가오리가 망설임 없이 대답했다.

반쪽이는 듣고도 믿을 수가 없었다. 하늘 고래를 봤다니? 이야기에서만 나오는 하늘 고래를 정말 보고도 저렇게 태연하게 말할 수 있단 말인가? 마치 반쪽이가 매일 불가사리를 본다고 말하는 것과 다를 바 없는 태도였다. 가오리를 믿어도 될지 헷갈렸다.

"더 알고 싶니?"

가오리가 물었다. 반쪽이는 조심스럽게 고개를 끄덕였다. 가오리는 커다란 몸을 활짝 펼쳐서 다시 헤엄칠 준비를 했다.

"안 된다, 얘야. 가면 안 돼. 그 아이한테서 떨어져! 이 못된 가오리야!"

후포가 숨 가쁘게 헤엄쳐 왔다. 얼굴이 붉으락푸르락 달아오르고 말투가 몹시 거칠었다. 후포답지 않았다.

"커다란 가오리가 나타났다길래 설마설마했는데! 네가 무슨 낯짝으로 우리 앞에 나타나!"

후포가 분노로 치를 떨었다. 언제나 여유롭고 유쾌하던 모습은 온데간데없었다.

"못 나타날 이유가 뭐지?"

가오리가 여전한 태도로 말했다.

"몰라서 물어? 너 같은 놈, 당장이라도 물 밖으로 내쳐 버리고 싶다!"

후포가 부들부들 떨며 화를 참지 못했다. 거센 말이 거듭되자 가오리도 꽤 기분이 상했다. 공격할 생각은 없었으나 독침이 있는 꼬리지느러미에 절로 힘이 들어갔다.

"그 꼬리는 치우는 게 좋겠군."

뒤늦게 쫓아온 소소리가 후포 옆을 지켰다. 잔뜩 구긴 표정이 꽤 사나웠다.

"난 약속을 지키러 왔다."

가오리가 변화 없는 목소리로 대답했다.

"약속? 오래전에 깨 버린 그 약속을 이제야 지킨다고?"

"멋대로 오해 하다니 불쾌하군. 난 약속을 어긴 적이 없어."

"너 때문에 우리가 무슨 일을 겪었는지 알아?"

후포는 기가 막힌다는 표정으로 가오리를 쏘아 봤다.

"안다."

"아니! 넌 몰라. 알면 이럴 수 없어!"

후포가 고래고래 소리쳤다.

반쪽이는 지금 오가는 대화가 무슨 뜻인지 도통 이해할 수 없었다. 이토록 화내는 후포와 저토록 태연한 가오리 사이에 무슨 일이 있었던 걸까. 후포는 뒤늦게 반쪽이가 듣고 있다는 걸 깨달았다. 급하게 표정을 풀며 화를 감추었다.

"얘야, 별일 아니란다. 오래전 친구, 아니지. 그냥 조금 아는 사이야. 우리가 씨월드에서 잠시 살았다는 건 너도 알고 있지? 그때 같이 지냈단다. 소소리와 함께 자리를 비켜 주겠니? 나는 촉과, 그러니까 저 가오리와 할 이야기가 있단다."

반쪽이는 후포가 걱정되었지만 자리를 비켜 주기로 했다. 그런데 돌아서면서 다시 촉을 보는 순간 번뜩 머릿속에 또 다른 기억이 떠올랐다.

눈앞에 대형 화면이 펼쳐졌다. 신나는 노래가 흘러나오고 화면에 고래 그림이 나타났다. 밤하늘을 헤엄치는 고래에게서 빛이 났다. 관객들이 화면을 보고 즐거워하며 박수쳤다. 다시 장면이 바뀌었다. 화면에 진짜 고래가 보였다. 고래가 물 위로 뛰어올랐다. 화면에 비친 고래는 바로 반쪽이 자신이었다.

"이 기억은 도대체 뭐죠?"

반쪽이의 눈빛이 불안하게 흔들렸다.

"무엇이 떠올랐니?"

후포의 얼굴이 하얗게 질렸다.

"제가 인간들 앞에서 재주를 부려요. 높이 뛰어오르고 장애물도 넘어요. 어째서죠? 할아버지, 저는 구조되어서 씨월드에서 치료받은 뒤 고래 무덤에서 쭉 살았잖아요. 할아버지가 그러셨잖아요."

그러나 머릿속에 그려진 장면은 몹시 익숙했다. 자주 겪었던 일 같았다. 드문드문 떠오르는 기억 속에서 당시의 감정이 몰려왔다. 실수할까 봐 불안하고 사랑받지 못할까 봐 두려웠다. 반쪽이는 이 감정이 다 무엇인지 혼란스러웠다.

"역시. 저 아이는 다 기억하지 못하는군."

촉이 감정 없는 목소리로 말했다.

"그 입 다물어! 얘야, 괜찮아. 다 지난 일이야. 그렇게 겁먹지 않아도 돼."

후포가 반쪽이를 어루만졌다. 안타까운 마음이 고스란히 드러났다.

"촉 때문에 쓸데없는 이야기를 너무 많이 했구나. 일단 돌아가자."

"할아버지……."

"으응?"

"이건 잃어버린 제 기억인가요? 씨월드에서 무슨 일이 있었던 거예요? 난 어떤 고래였어요? 난 왜 기억을 잃은 거예요? 도대체 난 누구예요?"

반쪽이는 그동안 믿어 온 게 진실이 아닐지도 모른다는

의심이 들었다.

"늘 이야기해 주지 않았니? 폭풍우가 치는 밤에 쓰러진 너를 발견했어. 씨월드에서 잠시 지냈지만 그곳이 금방 망하고 말았단다. 그래서 우리는 고래 무덤으로 간 거야. 너는 너무 어렸고 여행길은 몹시 힘들었어. 그래서 기억하지 못하는 거야. 걱정할 것 없어. 나는 너에게 해가 되는 건 절대 하지 않아. 언제나 너를 가족처럼 보살폈잖니. 이제 돌아가자."

후포는 심장이 쿵 내려앉았다. 하지만 티 내지 않으려 애썼다.

"언제까지 숨기고 모른 척할 거지? 영감 품에 가둔다고 저 고래가 행복해지진 않아."

촉이 말했다.

"우린 지금까지 행복하게 잘 살았어."

"앞으로도 그럴까?"

촉이 냉정하게 후포 말을 끊었다. 후포는 대답하지 못했다. 앞으로도 쭉 행복할 거라고 말하고 싶었지만 확신할 수 없었다. 반쪽이는 늘 자신이 누구인지 확인하고 싶어 했다. 후포는 반쪽이가 어떤 생각을 하는지 잘 알았다. 하지만 지난 일을 알아 버린 뒤 더 큰 상처로 아파할까 봐 두려웠다. 그 상처가 앞으로의 행복까지 앗아 버릴 것 같았다.

"씨월드로 돌아가야 해."

촉의 말에 후포는 분노가 다시 치솟았다.

"씨월드? 거길 다시 돌아간다고? 그게 무슨! 난 저 어린 아이를 데리고 힘들게 고래 무덤으로 도망쳤어. 이제 겨우 저 아이가 웃음을 되찾아 가는데 네가 다 망치고 있어!"

"다시 말하지만 난 약속을 어기지 않았어."

가오리가 단호하게 말했다.

"그렇게 당당하다면 지금껏 어디 숨어 있다가 이제야 나타난 거지? 왜 저 아이에게 몰래 접근한 거냔 말이다."

"난 숨어 있지 않았어. 시간이 필요했을 뿐이야."

"도무지 무슨 말인지 알아들을 수가 없군."

후포가 씩씩댔다.

"좋아! 말이 나온 김에 들어 보자. 그날 왜 혼자 도망갔어? 왜 약속대로 우리가 탈출하는 걸 돕지 않은 게야?"

"나는 씨월드 탈출이 아니라 저 아이가 행복해지는 걸

돕겠다고 약속한 것 같은데."

"말 같지도 않은 변명이군. 저 아이의 행복을 위해 자네가 뭘 했어? 자네가 생각하는 행복이 뭔데?"

"고래 가족을 찾는 것."

촉의 대답에 모두 할 말을 잃었다. 고래 가족을 찾다니, 촉에게 그런 말을 들을 줄은 아무도 몰랐다.

"나에게 고래 가족이 있어요?"

반쪽이 목소리가 크게 떨렸다.

"있어. 당장은 만나기 힘들겠지만."

"씨월드란 곳으로 가야 하나요?"

촉이 반쪽이를 보며 고개를 끄덕였다.

후포는 알 수 있었다. 반쪽이는 씨월드로 가고 싶어 한다. 모든 것을 알고 싶어 한다.

"할아버지, 저는 씨월드로 가겠어요."

"하지만 얘야, 그곳에서 넌……. 안 된다, 안 돼. 네가 감당하기에는 너무 힘든 일이야."

"할아버지, 보세요. 저도 이제 많이 컸어요. 그동안 할아버지가 든든한 울타리가 되어 줬잖아요. 그 덕분에 저는 이렇게 잘 자랐어요."

반쪽이가 다시 후포를 졸랐다.

후포는 눈앞이 깜깜했다. 씨월드로 가는 걸 막을 수만 있다면 차라리 지난 이야기를 들려주는 게 나을 것 같았다. 그래서 모든 진실을 알려 주기로 마음먹었다.

"휴우. 지금부터 진짜 우리의 이야기를 들려주마."

진짜 우리 이야기는

늙은 바다거북은 어린 고래의 마음이 병드는 게 싫었다. 어린 고래가 웃음을 잃을수록 속이 탔다. 견딜 수 없이 안타까웠다. 그래서 씨월드를 빠져나가기로 마음먹었다. 자신이 데려온 어린 고래를 다시 바다로 데려가야 했다.

늙은 바다거북은 가오리를 찾아가서 도와달라고 간절하게 부탁했다. 꿈쩍 않던 가오리가 어느 날 도와주겠다고 했다.

수족관 안쪽에 숨겨진 공간이 있었다. 늙은 바다거북의 덩치보다 조금 작은 공간이었다. 그곳에는 마주 보는 버튼 두 개가 있었다. 영리한 가오리는 두 버튼을 동시에 누르면 바다로 이어진 비상문이 열리는 것을 알았다. 물론 쉬운 일은 아니었다. 문이 완전히 열릴 때까지 버튼을 눌러야 했고, 버튼을 누르려면 큰 힘이 필요했다. 물고기의 힘으로는 안 될 일이었다. 하지만 늙은 바다거북의 딱딱한 등딱지라면 해 볼 만했다.

늙은 바다거북은 가오리에게 문이 열리면 어린 고래를 데리고 바다로 가 달라고 했다. 어린 고래가 무사히 나가면 늙은 바다거북은 몸을 빼내어 문이 닫히기 전에 빠져나올 생각이었다. 아주 위험한 일이었다. 그러나 다른 방법이 없었다. 이 사실을 알면 어린 고래는 바다로 나가려 하지 않을 게 뻔했다. 그래서 늙은 바다거북은 자신의 계획을 어린 고래에게 말해 주지 않았다.

약속한 밤이 되었다. 늙은 바다거북은 좁은 틈으로 힘껏 몸을 밀어 넣었다. 배딱지와 등딱지가 버튼 두 개를 동시에 눌렀다. 바다로 이어진 문이 조금씩 열렸다. 어쩐 일인지 문이 충분히 열리지 않았다. 그래도 어린 고래가 힘으로 밀어붙이면 빠져나갈 정도는 되었다. 늙은 바다거북은 가오리에게 얼른 어린 고래를 데리고 나가라고 재촉했다. 그런데 아무런 대답이 들리지 않았다. 늙은 바다거북은 뒤늦게 깨달았다. 가오리는 혼자 바다로 나갔다.

늙은 바다거북은 꼬박 하루를 좁은 틈에 껴 있었다. 다음 날, 인간에게 발견되어 겨우 빠져나왔다. 치료가 필요했다. 깨진 등딱지에 단단한 침을 박아 고정했다. 그리고 인간은 바다로 이어진 문을 더 굳게 닫았다.

어린 고래는 여느 때처럼 쇼에 나갔다. 관객석에서 평소보다 큰 박수와 환호가 쏟아졌다. 어린 고래는 크게 긴장했다. 더 높이 더 힘껏 물 위로 뛰어올랐다. 하지만 제대로 내려오지 못했다. 머리를 크게 부딪쳤다. 지켜보던 관객들이 비명을 질렀다.

어린 고래는 며칠을 크게 앓았다. 얼마 지나지 않아 상처는 회복했지만 많은 것을 잃어버렸다. 늙은 바다거북과 행복했던 기억도, 자신감 넘치던 성격도, 자신이 누구인지도. 즐겨 부르던 노래의 멜로디만 기억할 뿐이었다.

씨월드를 찾아오는 관객이 점점 줄었다. 쇼 시간도 줄었다. 인기 많은 돌고래와 물고기는 다른 곳으로 옮겨졌다. 남은 건 늙은 바다거북과 머리를 다친 어린 고래뿐이었다.

더는 씨월드에 관객이 찾아오지 않았다. 바다로 이어진 문도 활짝 열렸다. 알아서 떠나라는 듯 아무도 막지 않았다. 늙은 바다거북은 어린 고래를 데리고 고래 무덤으로 갔다. 그곳에서 행복하고 좋은 기억만 만들어 주겠다고 다짐했다.

어린 고래는 점점 밝아졌다. 하지만 자신의 처지를 종종 슬퍼했다. 즐겨 부르던 노래만이 어린 고래를 위로했다. 늙은 바다거북은 그 노래가 아픈 기억을 들출까 봐 두려웠다. 그래서 어린 고래를 꼭 닮은 이야기를 지어 들려주었다. 이야기를 듣는 동안 어린 고래가 자신이 특별하다고 믿길 바랐다. 저에게도 고래 가족이 있다고 믿길 바랐다. 늙은 바다거북은 어린 고래의 행복만을 바라면서 이야기를 들려주었다.

반쪽이는 숨죽인 채 후포의 이야기를 들었다. 씨월드에서 있던 일은 더 떠오르지 않았다. 하지만 후포가 자신을 얼마나 많이 사랑하는지 알 수 있었다. 그건 아주 중요한 사실이었다. 반쪽이가 흔들리지 않고 나아갈 수 있는 힘이 되었다.

"후포 할아버지, 흐읍!"

반쪽이가 급하게 물 위로 올라갔다. 파리하게 질린 얼굴이 고통스러워 보였다.

"푸우우후훗!"

긴 숨과 함께 물 위로 물줄기가 퍼져 나갔다. 물방울이 아래로 떨어지며 크고 작은 파동을 만들었다.

"숨을 참을 수 있는 시간이 더 짧아졌어. 어째서지?"

반쪽이가 숨을 몰아쉬며 제 몸을 살폈다. 보통 고래는 자랄수록 물속에서 숨을 참을 수 있는 시간이 늘어난다. 그러나 반쪽이는 그렇지 않았다. 다른 고래보다 덩치가 작아서 그런 줄 알았다. 그런데 최근 들어 눈에 띄게 호흡이 짧아졌다. 이러다가는 물속에서 먹이를 찾는 것조차 힘들지 모른다.

"네가 씨월드에 있을 때 큰 사고를 당해서 그런 거야. 그렇게 크게 다쳤는데 어딘가 문제가 생긴 거지. 어휴, 어찌해야 할지."

뒤따라온 후포가 한숨지었다.

"문제가 생긴 게 아니라 순리일지도 모르지."

지켜보던 촉이 말했다.

"순리라니 무슨 뜻이지?"

소소리가 물었다.

"저 아이가 정말 하늘 고래라면?"

촉이 대답했다. 모두 같은 눈빛으로 촉을 쳐다봤다. 이 상황에서 농담이라면 지나친 게 아닌가? 설마 지금 진심인 건가? 무슨 황당한 말을 하는 거지? 소리 내어 말하지는 않았지만 모든 게 눈빛에 담겨 있었다.

"후포 영감이 말했었지. 저 아이를 발견했을 때 몸이 반짝였다고."

촉은 평소에 물어보지도 않은 것을 나서서 설명하는 일이 없었다. 하지만 이번에는 먼저 이야기를 꺼냈다.

"그렇게 말하긴 했지. 하지만 그날은 폭풍우가 요란스러웠고 나도 너무 지쳐 있었어. 그래서 진짜 이 아이가 빛났는지, 내가 헛것을 보고 그렇게 느낀 건지 잘 모르겠네."

후포가 반쪽이 눈치를 살피며 말끝을 흐렸다.

"그동안 저 아이가 진짜 하늘 고래인지 확인하기 위해 지켜봤다. 숨어 있던 게 아니라 내 생각이 확실해질 때까지 기다린 거야. 덩치도 작고, 고래가 노래도 부르지 못하고, 숨을 참는 시간도 짧더군. 그러니 반쪽이라 불렸겠지. 영감은 그 이유를 생각해 본 적이 없어?"

"그거야 큰 사고를 당했으니까."

"아니, 사고를 당하기 전에도 그랬어. 하늘에서 살아야 할 고래가 바다에 있으니 제대로 자라질 못하는 거야."

"원래 약하게 태어나서 그럴 수도 있지 않나?"

소소리가 후포와 촉의 대화에 끼어들었다. 반쪽이에게 상처 줄 의도는 아니었다. 다만 하늘 고래라니 너무 터무니없게 느껴졌다.

"저 아이가 늘 부르는 노래. 그 노래가 진짜 하늘 고래들이 부르는 노래야."

다시 촉이 말했다.

"제가 매일 흥얼대던 거요? '하늘 고래의 노래'라고 이름 붙인 노래 말하는 거예요?"

이번에는 반쪽이가 대화에 끼어들었다.

"너는 그렇게 부르기로 했나 보군."

촉이 고개를 끄덕였다.

"그렇다고 그게 정말 하늘 고래가 부르는 노래라는 걸 어떻게 확신하지? 무턱대고 하늘 고래라니 상상이 지나치군. 저 아이가 자네 말을 믿었다가 실망만 하면 어쩔 텐가? 쓸데없는 희망이 더 큰 상처가 될 수도 있어!"

후포가 앞다리로 물 위를 내리쳤다. 걱정되는 마음을 주체할 수가 없었다.

"나는 지난 수년간 하모니를 쫓아다녔어. 하늘에 퍼지는 빛의 노래인 하모니. 언젠가부터 하모니가 퍼질 때 노래가 함께 들리더군. 북쪽 바다에서 만나는 모두에게 물어봤지만 그런 노래를 부르는 물고기는 없었다. 가까운 하늘에서 울린 노래가 분명해."

촉은 슬슬 인내심이 바닥났다. 오래전 약속을 지키려고 지금까지 애써 왔다. 그런데 고생을 알아주기는커녕 자기 말을 믿지 않는 이들에게 굳이 약속을 지킬 필요가 있을까? 갑갑한 마음에 짜증이 치밀었다.

“내가 왜 남의 일에 이렇게 시간 낭비를 해야 하는지 모르겠군. 난 약속을 지키기 위해 그동안 최선을 다해 왔어. 더는 말싸움하고 싶지 않아. 만약 하늘 고래에 대해 더 알고 싶다면 씨월드에 데려다주지. 아니면 난 내 갈 길을 가겠어.”

촉이 물러나며 돌아섰다.

“잠깐만요! 가겠어요.”

반쪽이가 촉 앞을 막았다.

“그게 무슨 소리냐! 거길 왜 돌아가? 네가 그곳에서 어떤 일을 겪었는지 말해 줬잖니. 저 못된 가오리가 거짓말을 하는 게 분명해. 씨월드에 우리를 다시 가둘지도 몰라. 피도 눈물도 없는 가오리라고!”

후포가 고래고래 소리 질렀다. 씨월드에 다시 가다니, 말도 안 되는 소리였다.

“씨월드는 망했다면서요. 그리고 가오리 아저씨가 왜 굳이 다시 나타나서 우릴 속이겠어요. 약속을 지키러 왔다고 했잖아요."

"저 음흉한 가오리 속을 어찌 알아! 안 된다. 나는 네가 무너지는 걸 보고 싶지 않아. 얘야, 나는 네가 괴로워하는 걸 지켜볼 수 없어."

후포는 흐느꼈다. 두려움이 두꺼운 등딱지 안까지 파고들었다.

"할아버지, 저는 알고 싶어요. 물론 할아버지랑 소소리 아저씨랑 지내는 것도 행복해요. 하지만 알아야겠어요. 기회를 외면하고 도망가고 싶지 않아요."

"얘야……."

"저는 약하지 않아요. 저한테는 할아버지랑 소소리 아저씨가 준 믿음이 있어요. 힘들어도 잘 이겨 내 볼게요. 누가 뭐래도 할아버지는 제가 훌륭한 고래라고 믿잖아요. 그렇죠?"

반쪽이가 활짝 웃었다. 억지로 웃는 웃음이 아니었다. 반쪽이 얼굴에 스스로에 대한 확신이 묻어났다.

후포는 깨달았다. 더는

반쪽이를 말릴 수 없다. 게다가 촉의 말대로 정말 반쪽이가 하늘 고래라면 계속 바다에서 살 수도 없다. 어느 쪽이든 마음이 무너졌다. 씨월드에서 하늘 고래인지 확인하는 것도, 만약 하늘 고래가 아니라면 계속 반쪽인 채로 살아야 하는 것도 마음 아팠다. 하지만 무너지는 마음 끝에 작은 확신이 솟아났다. 반쪽이는 잘 이겨 낼 것이다. 그리고 그 곁을 자신이 끝까지 지킬 것이다.

"씨월드로 가는 길은 너무 위험해. 그 길목에서 무엇이 너를 노릴지 몰라. 너를 혼자 보낼 수는 없단다."

후포가 앞다리로 반쪽이를 꼭 붙잡았다.

"나도 함께 가지. 숨어 사는 것도 지겨운 참이거든. 이빨 부러진 상어지만 나를 얕볼 수는 없을 거야. 이번에 소소리의 두 번째 전설을 써도 좋고 말이야."

소소리가 애써 호기롭게 말했다.

"좋아. 다 함께 가자꾸나. 너의 행복을 찾는 길에 내가 빠질 수는 없지."

후포가 가슴을 탕탕 두드렸다. 여전히 걱정됐지만 그런 마음은 잠시 눌러두기로 했다.

촉은 별 반응 없이 앞으로 나아갔다. 말은 하지 않았지만 머릿속이 시끄러웠다. 어린 고래를 위해 늙은 바다거북과 이빨 부러진 상어가 이렇게 적극적으로 나서는 이유를 알 수 없었다. 하지만 가장 이해하기 힘든 건 이 여정에 앞장선 자신이었다.

촉을 따라 모두 말없이 헤엄쳤다.

저마다 마음이 복잡했다. 내색하지 않으려 다들 앞만 보고 나아갔다. 촉은 북쪽으로 올라갔다. 씨월드는 남쪽 바다와 북쪽 바다의 사이에 있었다. 그리고 그곳에 가려면 검은 바다를 지나야만 했다.

반쪽이는 점점 숨을 참기 힘들었다. 후포는 물론 소소리와 촉까지도 어렵지 않게 반쪽이의 상태를 눈치챘다. 촉이 속도를 늦추었다. 반쪽이는 지친 몸을 파도에 맡기고 잠시 휴식을 취했다. 호흡이 안정되자 주위를 둘러봤다. 이곳은 남쪽 바다와 매우 달랐다. 바닷속 해초는 춤추지 않았고 조잘대는 물고기의 소리도 들리지 않았다. 한가로이 헤엄치는 오징어도 없었다. 평화롭다기보다 적막했다.

쿠릉쿠릉 부아아아앙!

요란한 소리가 조용한 공기를 깨뜨렸다. 반쪽이가 처음 들어 보는 소리였다. 귀가 찢어질 듯 몹시 괴로웠다. 그 와중에 반쪽이는 자신처럼 지독하게 노래를 못 부르는 고래일지도 모른다는 생각이 들었다. 그러자 반가운 마음이 생겨났다.

반가운 존재는 곧 확인할 수 있었다. 빠르게 이쪽을 향해 달려왔다. 몹시 큰 물고기였다. 대왕고래보다 더 컸다. 생긴 모양도 아주 이상했다. 이빨도 두 눈도 없었다. 심지어 지느러미조차 찾아볼 수가 없었다. 지느러미가 있어야 할 자리에 둥근 날개가 사납게 돌아갔다. 거친 물살과 함께 매캐하고 지독한 냄새가 풍겨 왔다. 반쪽이는 저 물고기가 무엇이든 아주 위험하다는 걸 깨달았다. 얼른 피해야 했다. 후포와 촉도 황급히 헤엄쳤다.

그런데 소소리가 꼼짝도 하지 않았다.

"소소리 아저씨!"

반쪽이가 소소리를 돌아봤다. 소소리는 멍한 눈빛으로 이상한 물고기를 보고 있었다. 말라 버린 미역 줄기처럼 뻣뻣하게 굳어 있었다. 정신이 나간 게 분명했다.

"아저씨 위험해요!"

반쪽이가 머리로 소소리 옆구리를 세게 들이박았다. 그제야 소소리 눈빛이 다시 돌아왔다. 소소리는 반쪽이와 함께 아슬아슬하게 몸을 피했다.

"네가 날 구했구나."

소소리는 천천히 주위를 둘러봤다. 지난 기억이 떠올랐다. 이곳은 소소리가 사고를 당한 검은 바다였다.

'각오했잖아. 정신 똑바로 차려. 다 지난 일이야.'

소소리가 마음을 다잡았다. 넋을 놓고 있다가 반쪽이를 또 위험에 빠지게 할 수는 없었다.

"저건 인간들이 타는 배야. 닥치는 대로 물고기를 잡아들이지."

촉이 말했다. 거칠게 바다를 가르는 거대한 배의 뒤쪽에 그물이 달려 있었다. 그물 또한 크기가 어마어마했다. 반쪽이는 그물 속에서 몸부림치는 수천수만 마리의 물고기를 봤다. 파닥파닥, 철썩철썩. 비늘과 물이 부딪치는 소리가 비명 같았다.

"검은 바다는 여전하군."

소소리가 나지막이 말했다.

"지금부터는 조심해야 해. 여긴 인간들이 사는 곳과 가까워. 그만큼 위험하지."

촉 목소리에 긴장감이 서렸다.

"길 막지 말고 비켜!"

어디선가 나타난 무리가 사납게 외쳤다. 거대한 배를 쫓아온 귀상어 세 마리였다.

"젠장! 너희 때문에 사냥감을 놓쳤잖아."

가운데 귀상어가 인상을 썼다.

"대장, 어쩌지? 한번 놓치면 쫓아가기 힘든데."

"맞아. 이번 사냥은 이놈들 때문에 허탕이야."

나머지 두 마리가 툴툴대며 반쪽이 무리를 쏘아봤다. 하나는 꼬리지느러미가 짧았고, 하나는 얼굴에 상처가 있었다. 귀상어 무리는 분풀이하지 않고는 물러날 기색이 없어 보였다.

“이곳을 지나간 사냥감은 없었다. 왜 우리에게 시비를 거는 거지?”

소소리가 깊은 주름을 잔뜩 일그러뜨렸다.

“그래, 이곳에는 사냥감이 없지. 그래서 저 그물 안에 있는 물고기를 빼먹어야 한다고. 그런데 너희가 길을 막는 바람에 놓쳤잖아. 어떻게 책임질 거야?”

꼬리지느러미가 짧은 귀상어가 신경질적으로 말했다.

소소리는 귀상어 무리를 찬찬히 살펴봤다. 젊긴 했지만 소소리보다 몸집이 작았다. 여기저기 상처도 많았다. 다른 상어 무리에게 영역 싸움에서 지고 이곳까지 쫓겨난 모양이었다. 그렇다고 얕잡아볼 수는 없었다. 어쨌든 상대는 셋이고 튼튼한 이빨이 있으니까.

갑자기 대장 귀상어가 실실 웃었다.

"잠깐, 굳이 그물을 쫓아가지 않아도 되겠어. 오히려 운이 좋은 날 같군."

그러고는 기분 나쁜 눈빛으로 반쪽이를 훑어봤다. 후포가 반쪽이를 등 뒤로 감췄다. 큰 덩치가 가려질 리 없지만 말이다.

"야들야들한 어린 고래라니. 이렇게 맛있는 먹이가 얼마 만이야? 으흐흐."

"맞아 맞아. 조그마한 물고기는 씹는 맛이 없단 말이지, 크크큭."

다른 두 마리가 맞장구치며 군침을 흘렸다.

소소리는 귀상어 무리가 반쪽이에게 다가가게 둘 생각이 전혀 없었다. 그런데 그보다 더 불쾌한 게 있었다. 소소리를 눈앞에 두고도 없는 상어로 취급하는 태도였다.

"이거 서운한걸? 난 안 보이는 건가? 아니면 백상아리도 몰라볼 만큼 눈이 나쁜가?"

소소리가 비아냥댔다.

"어이쿠, 미안. 그런데 이빨 부러진 상어를 무서워할 수는 없잖아? 크크큭."

얼굴에 상처가 있는 귀상어가 비웃었다.

"이빨 부러진 늙은 상어가 용케도 살아서 헤엄치는구나. 하지만 그것도 오늘이 끝일 거다."

대장 귀상어가 웃음기를 거두고 소소리 앞에 섰다. 반쪽이는 등골이 오싹했다. 귀상어 무리가 작정하고 덤빈다면 소소리가 상대하기 어려울 것 같았다.

"하아, 늙은 상어라는 소리는 섭섭하군. 아직 그 정도는 아닌데 말이야. 뭐, 이빨 부러진 상어는 사실이지만. 애송이들아, 너희는 중요한 걸 잊고 있어. 이빨 부러진 늙은 상어, 아니 늙어 가는 상어가 지금까지 살아남은 이유가 뭘까? 응? 그게 뭘까? 큭큭, 크크크, 크하하하!"

소소리가 소름 끼치는 목소리로 웃었다. 소소리는 전혀 움츠러들지 않았다. 오히려 스멀스멀 살아나는 욕망이 기뻤다. 상대를 눌러 버리고 느끼는 승리감, 당하면 당할수록 갚아 주고 싶은 복수심. 오래전 소소리가 싸움에서 이길 수 있었던 지독한 이유였다.

순식간에 분위기가 바뀌었다. 앞의 상황을 모르고 보면 소소리가 더 나쁜 백상아리 같았다. 아니면 정신이 반쯤 나간 백상아리로 보이든가.

"촉, 후포 영감과 반쪽이를 부탁한다. 여긴 나한테 맡기고 빨리 가."

소소리가 귀상어 무리를 노려보며 말했다.

"하지만 아저씨! 너무 위험해요."

"이런, 너까지 날 얕보는 거냐? 걱정 마라, 이 소소리는 쉽게 죽지 않는다. 그리고 반쪽아……. 고맙다. 네 덕분에 다시 나를 찾았어. 후포 영감, 기대해. 영감이 신나게 떠들 소소리의 두 번째 전설을 만들어 갈 테니."

소소리는 빨리 떠나라며 재촉했다.

촉은 무엇이 가장 좋은 방법일지 고민했다. 소소리의 결정이 옳다고 생각했다.

반쪽이는 도무지 지느러미가 움직여지지 않았다. 하지만 소소리의 표정을 보는 순간 깨달았다. 이건 소소리를 위한 결정이기도 했다. 이 싸움은 소소리에게 아주 중요했다.

"아저씨! 꼭 오셔야 해요."

결국 반쪽이는 후포와 함께 촉의 뒤를 따랐다. 소소리는 그 모습을 확인하고는 날카로운 이빨 하나를 입안에 꾹 눌러 넣었다. 고래 무덤에서 반쪽이가 주워 준 그 이빨이었다.

"덤벼라."

소소리가 무서운 속도로 돌진했다. 대장 귀상어는 반쪽이 일행이 떠나고 나면 소소리가 요리조리 도망갈 줄 알았다. 그럼 적당히 잡는 척하다가 어린 고래를 뒤쫓아 가서 사냥할 생각이었다. 그런데 예상과 달리 소소리가 정면으로 달려들었다. 귀상어 무리는 당황했다.

소소리는 가장 먼저 꼬리지느러미가 짧은 귀상어의 옆구리를 들이박았다가 재빠르게 뒤로 빠졌다. 귀상어가 날카로운 이빨로 물려 했지만 물방울만 터뜨렸다. 소소리는 정말 빨랐다. 얼굴에 상처가 있는 귀상어가 소소리의 꼬리지느러미를 노렸다. 소소리는 물릴 뻔한 순간 아래쪽으로 방향을 바꿔 몸을 비틀었다. 그리고 순식간에 아래에서 위로 귀상어의 배를 쳐올렸다.

"크으윽!"

얼굴에 상처가 있는 귀상어가 나동그라졌다. 대장 귀상어는 제법 끈질기게 소소리에게 덤벼들었다. 결국 소소리의 꼬리지느러미에 기다란 상처가 났다. 날카로운 이빨에 긁힌 것이다. 무척 아팠다. 하지만 꼬리지느러미가 잘리지 않았으니 다행이었다. 그랬다면 이 자리에서 소소리의 온몸이 물어뜯겼을 것이다.

"소소리라고 했나? 그래, 기억나. 대단한 소소리의 전설을 들어 본 적이 있어. 그런 소소리를 내가 무너뜨린다면 어떨까? 그 사실만으로도 모두가 내 앞에서 벌벌 떨 거야. 안 그래?"

대장 귀상어가 소소리 둘레를 빙빙 돌았다.

"하하하, 어린 상어야. 꿈이 크구나. 날카로운 이빨 몇 개 빠졌다고 물지 못하는 건 아니지. 넌 날 이길 수 없어."

소소리가 여유롭게 받아쳤다.

"무슨 자신감이지?"

"넌 날 이겨서 폼 나는 인생을 살고 싶겠지. 잃어버린 영역도 되찾고 왕 노릇도 해 보고. 안 그래? 나도 그런 삶 좋아했거든. 캬! 실제로 그렇게 살기도 했고.”

“무슨 말이 하고 싶은 거야?”

“내가 딱 하나 못 해 본 게 뭔지 아느냐?”

소소리가 이상하리만큼 차분하게 말했다. 긴박한 이 상황과 전혀 어울리지 않았다. 그래서 더욱 무섭고 두려웠다. 눈빛마저 서늘했다.

“누군가를 지키기 위해 목숨 걸고 싸우는 거다. 그리고 오늘이 바로 그날이지.”

소소리의 몇 개 남지 않은 이빨이 섬뜩하게 빛났다. 소소리가 힘껏 솟구쳐 순식간에 물 위로 높이 뛰어올랐다.

바다를 주름잡던 매서운 소소리가 다시 깨어나는 순간이었다.

실망하긴 아직 일러

“이쪽이야.”

촉이 능숙하게 씨월드로 이어진 통로를 찾았다. 한 번에 찾는 솜씨를 보아 지난 몇 년간 수없이 이곳을 드나든 게 분명했다. 그런데 문제가 있었다.

“파도에 휩쓸려 왔나 보군. 난감한데.”

촉이 막힌 통로를 이리저리 살폈다. 바다에서 떠밀려온 널빤지가 겹겹이 쌓여 통로를 막고 있었다.

반쪽이는 잠시 망설였다. 이 안에 들어가면 무엇을 알게 될까? 어떤 변화가 생길지 두려웠다. 하지만 이대로 주저앉고 싶지 않았다. 혼자 싸우고 있을 소소리가 떠올랐다.

소소리를 실망시킬 수 없었다. 이제는 반쪽이가 마음속 두려움을 깰 차례였다.

"제가 해 볼게요."

반쪽이가 뒤로 물러났다. 자신이 두려워했던 것을 하나 떠올렸다. 부족한 아이라서 버려졌을까 봐 두려웠다. 설령 버려졌더라도 그건 반쪽이의 잘못이 아니었다. 반쪽이는 그것을 생각하며 널빤지를 향해 돌진했다. 빠악! 가장 앞에 있던 널빤지가 부서졌다.

반쪽이가 다시 뒤로 물러났다. 못난 고래인 것 같아서 늘 움츠러들던 자신을 떠올렸다. 덩치도 작고 노래도 못 부르지만 반쪽이는 다른 이에게 다정하고 뭐든 최선을 다했다. 못난 고래가 아니었다. 반쪽이는 가슴을 크게 펴고 널빤지를 향해 헤엄쳤다. 빠아악! 다음 널빤지도 부서졌다.

반쪽이가 또다시 뒤로 물러났다. 앞으로 어떻게 될지 생각했다. 그게 무엇이든 감당해 보기로 했다. 스스로를 믿어 보기로 했다. 마음먹은 순간 아주 힘껏 꼬리지느러미를 움직였다. 빠악! 쿠쿵! 마침내 통로를 가로막던 것들이 모두 부서졌다.

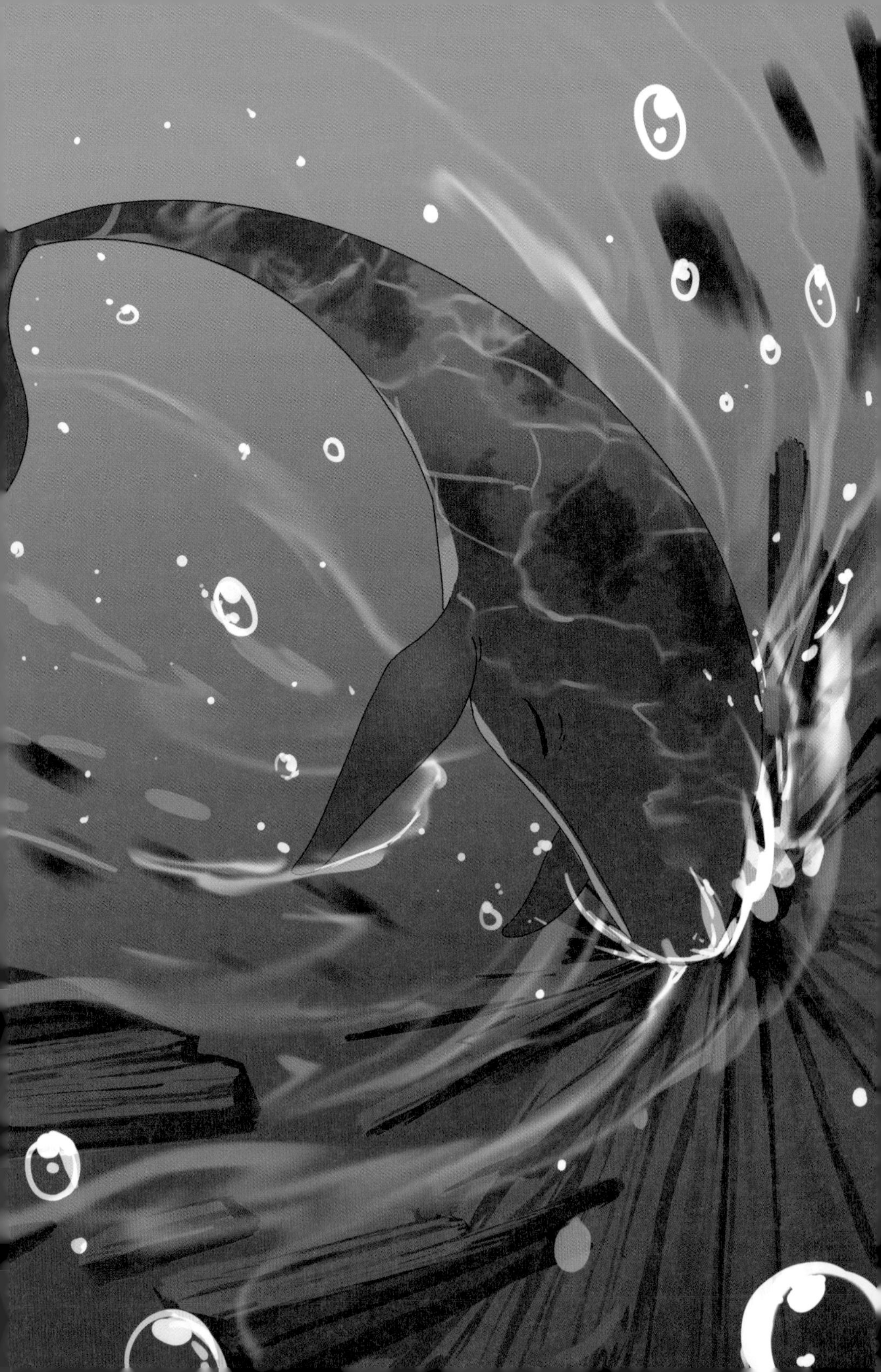

"얘야, 그만……."

후포가 하려던 말을 삼켰다. 반쪽이는 더는 어린 고래가 아니었다. 후포는 반쪽이의 결정을 지켜보기로 했다.

반쪽이와 후포, 촉은 통로 안으로 들어갔다. 통로는 그렇게 길지 않았다. 곧 수족관과 이어진 문이 나타났다. 오래전 후포가 반쪽이를 데리고 나온 그 문이었다.

"바로 여기구나."

반쪽이가 호기심 어린 눈빛으로 안을 살폈다. 수족관은 생각보다 아주 컸다. 수족관 바깥은 층층이 놓인 계단으로 둘러싸여 있었다. 관객을 위한 자리였다. 정면에는 대형 화면이 세워져 있었다. 계단 어느 곳에 앉아도 잘 보이는 위치였다. 반쪽이의 기억에 스친 바로 그 화면이었다.

"생각나는 게 있니?"

촉이 물었다. 반쪽이는 조용히 고개를 저었다. 이곳에서 공연을 하고 재주를 부렸다는 게 믿기지 않았다.

후포는 담담해지려 애썼다. 후포에게 씨월드는 추억이 깊은 곳이지만 기억하고 싶지 않은 곳이기도 했다. 이곳에서 겪은 슬픔과 기쁨이 새삼 떠올랐다. 후포는 어지러운 마음을 다잡았다.

"여기서 뭘 할 수 있다는 건가."

후포가 힘없이 말했다.

"하늘 고래의 노래를 불러야지."

촉은 아예 반쪽이가 하늘 고래라고 단정 지어 말했다. 반쪽이는 가슴이 두근거렸다. 하늘 고래라는 말을 들을 때마다 설레는 기분은 어쩔 수 없었다.

"자네, 겨우 그런 말이나 하자고 우리를 데려온 것인가."

"두고 보면 알겠지. 후포 영감, 계단 옆에 있는 손잡이를 올려 줘."

촉이 대형 화면과 계단 사이에 있는 손잡이를 가리켰다. 그곳은 물 밖이었다. 촉과 반쪽이는 갈 수 없었다. 하지만 바다와 뭍을 자유롭게 넘나드는 거북은 가능했다.

후포는 내키지 않았다. 그러나 이제 와서 반대할 이유도 없었다. 크게 한숨을 내쉬고는 천천히 물 밖으로 나갔다. 잠시 망설이다가 등딱지로 손잡이를 밀어 올렸다.

치직, 치지직! 화면에서 크고 작은 선들이 불규칙하게 흔들렸다. 잠시 뒤, 또렷한 영상이 나오기 시작했다. 후포는 조용히 눈을 감았다. 오래전 수없이 본 영상이었다. 더는 보고 싶지 않았다.

"씨월드에 오신 것을 환영합니다!"

유쾌한 인사와 함께 경쾌한 음악이 울려 퍼졌다. 화면에 씨월드 곳곳을 찍은 사진이 펼쳐졌다. 누가 사는지, 누가 어떤 재주를 부리는지 소개하는 장면이 연이어 나왔다. 가장 마지막은 반쪽이였다. 반쪽이는 지금보다 작고 앳된 자기 모습을 신기하게 쳐다봤다.

"씨월드의 마스코트, 씨월드의 자랑! 하늘이입니다. 수염고래는 굉장히 크고 사람에게 길들지 않기 때문에 수족관에서 키울 수 없습니다. 그러나 이 고래는 보다시피 다른 수염고래보다 작고 사람을 아주 잘 따릅니다. 우리는 하늘고래의 전설에서 따와 이 고래의 이름을 하늘이라고 지었습니다. 씨월드에서만 볼 수 있는 특별한 고래입니다."

조련사가 반쪽이를 어루만지며 활짝 웃었다. 신호를 보내자 반쪽이가 높이 뛰어올라 재주를 선보였다. 구경하던 모두가 소리 지르며 박수 쳤다. 환호에 보답하기 위해 반쪽이는 몇 번이나 더 뛰어올랐다.

Welcome
to
Sea
World

곧 장면이 바뀌고 반쪽이 평소 모습이 나왔다. 곁에 후포도 보였다. 반쪽이는 노래를 부르고 있었다. 여전히 지독한 목소리였지만 밝은 표정이었다. 후포는 찡그림 하나 없이 반쪽이를 보고 있었다. 후포 눈빛을 보면 누구나 알 수 있었다. 후포는 반쪽이를 정말 사랑했다.

이어서 반쪽이가 크게 뛰어오르는 장면이 나오더니 그대로 영상이 멈췄다. 그리고 뛰어오른 반쪽이 위로 고래 별자리가 겹쳐졌다. 점차 반쪽이 모습이 사라지고 반짝이는 고래 별자리가 짙어졌다.

어두운 밤하늘에 반짝이는 고래 별자리. 반쪽이 머릿속에 떠오른 장면이자 촉이 보여 준 천 조각에 그려진 그림이었다. 하늘 고래의 전설이 반쪽이에게 씌워졌다. 그 장면을 마지막으로 영상은 끝났다.

"고래 쇼를 하기 전에 늘 저 영상을 틀었지. 인간들이 좋아했거든."

촉이 담담히 말했다.

"내 이름이 하늘이인가요?"

반쪽이가 물었다.

"글쎄. 인간이 지어 준 이름은 하늘이였지."

"저 영상을 보여 준 이유가 대체 뭐지? 나쁜 기억을 떠올리라고?"

후포가 감았던 눈을 뜨며 촉에게 못마땅한 내색을 보였다.

"아니, 하늘 고래의 노래를 기억하는 데 도움이 될까 싶어서."

"자네는 아까부터 그 노래 타령만 하는군. 그게 고래 가족을 찾는 것과 무슨 상관이지?"

후포가 언짢은 기색을 감추지 않았다.

"좋았어요……."

물끄러미 화면을 보던 반쪽이가 말했다.

"후포 할아버지! 저는 좋았어요. 쓸모없고 부족해서 버려진 고래일까 봐 늘 걱정했거든요. 하지만 많은 관객이 날 좋아했잖아요. 내 노래도 좋아했고요!"

"이런, 얘야. 그건 인간들이 너를 이용해서……. 아무튼 너는 여기서 지내는 걸 힘들어했어."

"그렇지 않아요. 물론 힘든 날도 있었겠죠. 하지만 좋은 날이 더 많았을 거예요. 할아버지가 이렇게나 날 사랑해 줬는걸요. 그렇죠?"

"……."

후포는 더 말을 잇지 못했다. 목이 메고 가슴이 저릿저릿 아팠다. 후포는 늘 두려웠다. 반쪽이가 이용당하고 버려진 사실을 알고 상처받을까 봐, 씨월드로 데려온 자신을 원망할까 봐, 아무리 노력해도 자신은 어린 고래의 가족이 되지 못할까 봐. 하지만 이제 깨달았다. 그동안 애써 온 모든 것이 헛되지 않았다. 후포는 안도감과 고마움에 눈물을 흘렸다.

"더 떠오르는 기억은 없니? 네가 씨월드에 오기 전부터 저 노래를 알았다면 아마 네 엄마 아빠에게서 배웠을 거다."

후포가 코를 훌쩍이며 겨우 말했다.

"모르겠어요. 엄마 아빠에 대한 기억은 없는걸요."

반쪽이가 엄마 아빠라는 말에 시무룩해졌다.

"실망하긴 아직 일러."

촉이 하늘을 봤다. 어느새 해가 수평선을 넘어가고 열

은 빛만 남아 있었다. 하늘은 빠르게 어두워졌다. 곧 바다와 하늘의 경계선이 흐려지며 어둠이 내려앉았다. 달과 별이 모습을 드러냈다. 어둠은 훌륭한 바탕이 되었다. 달빛과 별빛이 어둠을 등지자 더 돋보였다.

수족관 안까지 어둠에 휩싸이자 놀라운 일이 일어났다. 물이 반짝였다. 달빛과 별빛이 물에 비친 것과는 다른 반짝임이었다. 마치 별빛을 흩뿌려 놓은 것 같았다. 영롱하고 아름다운 빛이었다.

"이게 뭐죠?"

반쪽이의 두 눈이 휘둥그레졌다.

"언제부턴가 밤이 되면 수족관 물이 반짝이더군. 바다는 파도가 늘 휩쓸고 지나가니 알 수 없지만, 이곳은 파도가 밀려들어 오기만 하니 알 수 있었지. 이 반짝임은 시간이 지날수록 더 강해지고 있어. 반짝이는 뭔가가 수족관에 쌓이는 게 분명해."

촉이 대답했다.

"자네, 정말 이곳에 계속 왔었군."

후포가 중얼거렸다. 화가 많이 누그러진 목소리였다.

“다시 말하지만 나는 약속을 어기지 않았어. 그날 밤, 하모니를 봤어. 정말 하모니라는 게 있더군. 북쪽 바다에 가면 밤하늘에서 하모니가 춤춘다는 전설을 듣기는 했지만 씨월드 근처에서 하모니를 본 건 처음이었어. 가까운 곳에 하늘 고래가 있을 것 같았지. 그때 저 아이가 늘 부르던 노래와 같은 멜로디를 들었어. 아주 신비로운 노래였어. 우연이라고 하기엔 너무 절묘했지. 문득 저 아이가 하늘 고래일 수 있겠다는 생각이 들었어. 후포 영감이 말했잖아. 저 아이를 처음 발견했을 때 몸이 반짝였다고. 그 하모니를 놓칠 수 없었어. 그래서 급히 바다로 빠져나간 거야.”

촉이 처음으로 그때의 사정을 자세히 말했다.

“그래서 하늘 고래를 만났나?”

후포가 다급히 물었다.

“아니, 노랫소리는 끊어졌고 하늘 고래를 찾지 못했어. 너무 멀리까지 간 탓에 씨월드로 돌아올 수도 없었어. 길을 찾는 대신 하늘 고래의 흔적을 좇았어. 그리고 알게 됐지. 저 위쪽 바다로 가면 하모니를 종종 볼 수 있다는 것을. 어떨 때는 이상하리만큼 자주 보여.”

"하모니를 자주 봤다고?"

"그뿐이 아니야. 하모니가 짙으면 바다에 반짝이는 게 떨어져."

촉이 꼬리지느러미로 부드럽게 반짝이를 쓸었다.

"그러고 보니 별빛이 춤을 추면 하늘 고래가 나타난다는 말을 들었어요. 지혜의 숲에서요."

반쪽이가 지느러미에 묻은 반짝이를 들여다보며 말했다.

"그래. 하늘 고래가 노래하면 별 가루가 떨어진다는 전설이 있더군. 이게 정말 별 가루인지는 모르겠지만 이곳에 쌓이고 있어."

촉이 고개를 끄덕였다.

"우리는 어떻게 찾아냈나?"

후포가 남은 의심을 거두지 못하고 물었다.

"고래는 겨울에 남쪽 바다로 오니까 언젠가는 만날 거라 생각했지. 올해는 지독히 노래를 못 부르는 고래가 늙은 바다거북과 함께 지낸다는 소문이 돌더군. 저 아이와 영감 이야기인 걸 단번에 알았어."

"겨울마다 먼 남쪽 바다까지 왔었단 말인가……?"

후포 얼굴에 미안한 기색이 떠올랐다.

"여기 봐요. 사방이 반짝거려요. 물 위에 반짝거리는 게 가득하다고요! 이 많은 게 정말 하늘에서 왔을까요?"

반쪽이가 흥을 주체하지 못하고 첨벙댔다.

"난 이게 무슨 의미인지 몰라. 하지만 하늘 고래가 일부러 별 가루를 뿌린 거라면? 무엇을 위해 지난 몇 년간 별 가루를 계속 보내는 거지?"

촉이 반쪽이를 봤다. 촉은 별 가루가 떨어지는 이유가 반쪽이라고 확신했다.

반쪽이는 물 위에 떠다니는 별 가루를 가만히 들여다봤다. 문득, 먹어 보고 싶다는 마음이 들었다. 조심스럽게 한 입 삼켰다. 따뜻하고 부드러운 것이 목구멍을 넘어갔다.

"할아버지! 이거 정말 맛있어요!"

이번에는 크게 한 입 삼켰다. 목구멍이 간지러웠다. 그리고 믿을 수 없을 만큼 달콤했다. 후포와 촉도 따라 먹어 보았지만 아무런 맛도 느껴지지 않았다. 오직 반쪽이만 느끼는 달콤함이었다.

하늘 고래야, 노래를 불러

반쪽이는 별 가루를 먹고 또 먹었다. 입안에서 느껴지는 달콤한 맛이 너무 좋아서 멈출 수가 없었다. 목을 넘어갈 때 느껴지는 시원함이 몸을 가볍게 만드는 것도 같았다. 정신없이 먹다 보니 날이 새는 줄도 몰랐다. 어느새 밤이 지나고 날이 밝았다.

해가 뜨자 물 위의 반짝임이 사라졌다. 반쪽이는 그제야 별 가루 먹기를 멈췄다. 이번에는 기분이 들뜨면서 자꾸 노래가 부르고 싶었다. 흥얼흥얼 콧노래가 새어 나왔다.

"흐응흐으음, 라라랄라. 그런데요 할아버지, 제가 정말 하늘 고래라면 어떻게 하늘로 날아가요?"

"글쎄다. 아직은 잘 모르겠구나. 별 가루는 계속 먹고 싶니?"

후포도 잘은 모르지만 별 가루를 먹는 게 반쪽이에게 꼭 필요한 일인 듯했다.

"네! 먹어도 먹어도 자꾸만 먹고 싶어요. 노래도 마구 부르고 싶고요. 그런데 아까부터 머릿속이 보글보글해요. 뭔가 떠오를 듯 말 듯한 그런 느낌이요. 그러니까……, 어? 어엇!"

반쪽이의 머릿속에서 익숙한 노랫소리가 흘렀다. 멜로디만 어렴풋이 떠오르던 이전과 달리 부드럽고 따스한 목소리가 선명했다. 누군가 반쪽이를 위해 노래를 불렀다. 처음 듣는 목소리였지만 낯설지 않았다. 엄마가 있다면 꼭 이런 목소리일 것 같았다. 반쪽이는 홀린 듯 그 목소리를 따라 노래를 불렀다.

기억하나요
하늘 고래의 노래를
별빛이 춤을 추는 하늘 바다를

기억하지 못해도 느낄 수 있어요
반짝이는 고래가 헤엄치는 곳
우리가 만나 꿈을 꾸는 곳
하모니가 보이면 기억해 줘요
언제나 당신을 위해 내가 노래할게요.

촉이 들었다던 하늘 고래의 노래가 분명했다.

"머릿속에서 누군가 노래를 불러 주는 것 같아요!"

반쪽이가 기쁨과 놀라움을 참지 못하고 소리쳤다.

"오래된 기억인가 보구나. 아마도 네 엄마의 목소리겠지. 네가 정말 하늘 고래라니!"

이제 후포도 반쪽이가 하늘 고래임을 의심하지 않았다. 반쪽이의 쩍쩍 갈라지는 목소리는 여전했지만 미묘하게 달랐다. 후포는 그 차이를 알 수 있었다. 별 가루는 반쪽이를 노래하게 했다. 저 노래를 제대로 부르게 되면 반쪽이는 하늘로 돌아갈 수 있을 것이다.

"흠흠, 나는 잠깐 다녀올 데가 있어."

조금 나아졌다지만, 촉에게는 여전히 듣기 힘든 목소리

였다. 도저히 견딜 수 없는지, 촉은 귀를 틀어막으며 황급히 자리를 떠났다.

반쪽이는 끊임없이 노래를 불렀다. 밤에는 별 가루를 먹는 걸 멈출 수 없었다면 지금은 노래하는 걸 멈출 수가 없었다. 머릿속에 아름다운 목소리가 계속 울렸다. 함께 노래하자고 반쪽이를 이끌었다. 후포는 말없이 그 모습을 지켜봤다. 마음이 복잡했다.

반쪽이는 밤에는 별 가루를 먹고 낮에는 노래를 불렀다. 비슷한 하루가 반복됐다. 날이 지날수록 반쪽이의 목소리는 나아졌다.

"후포 할아버지, 제 목소리를 들어 봐요!"

반쪽이는 달라지는 제 목소리가 놀라웠다. 그리고 조금 두렵기도 했다.

"아무것도 걱정할 것 없단다. 얘야, 네 마음이 이끄는 대로 노래를 불러. 너의 노래를 부르렴."

후포가 웃음 지었다. 후포의 생각보다 이별의 시간은 더 빨리 다가오고 있었다. 그렇게 별 가루를 먹은 지 딱 일주일이 되는 밤이었다.

"제법 들어 줄 만하군."

몹시 지친 목소리가 들렸다. 소소리였다. 소소리가 촉과 함께 돌아왔다.

"소소리 아저씨!"

반쪽이가 울먹이며 소소리에게 달려갔다. 저보다 덩치 큰 고래가 덥석 안기니 소소리는 조금 버거웠다. 하지만 무척 반가웠다. 품 안에 꼭 안아 줄 수는 없지만 따뜻하게 반쪽이를 토닥였다.

"쯧, 잘난 척하더니 꼴이 그게 뭔가."

후포가 퉁명스레 말했다. 하지만 모두가 알고 있었다. 말로 다 할 수 없는 미안함과 고마움, 그것이 후포의 진심이었다.

소소리는 온몸이 상처투성이였다. 원래도 좋지 않은 인상이지만 지금은 봐 주기 힘들 정도였다. 특히 한쪽 눈이 퉁퉁 부어 애꾸눈 상어처럼 보였다. 귀상어 무리를 상대하는 일은 쉽지 않았다. 노련한 싸움 기술로 어찌어찌 싸움을 이어 갔지만 시간이 지날수록 불리했다. 적당히 따돌리고 씨월드로 오려고도 했었다. 하지만 약이 바짝 오른 귀상어들은 물러나지 않았다. 꼬박 이틀이 지나자 소소리는 몹시 지쳤다. 이 싸움을 끝내려면 정말 목숨을 내놓아야만 했다. 이틀이나 지났으니 귀상어 무리가 반쪽이를 쫓아갈 수는 없었다. 그렇게 생각하니 여기서 싸움을 끝내도, 생을 마쳐도 후회는 없을 것 같았다. 소소리가 딱 하나 못 해 본 것, 목숨을 걸고 누군가를 지키는 일을 해냈으니 다른 미련이 남지 않았다.

그때, 촉이 나타났다.

"좀 더 빨리 오지 그랬어. 진짜 죽는 줄 알았잖아."

소소리가 촉을 보자마자 투덜댔다.

"아직 힘이 남아 있나 보군. 이렇게 말이 많을 줄 알았다면 더 늦게 왔을 텐데."

촉이 피식 웃었다. 촉답지 않은 웃음이었다.

촉은 이내 웃음을 거두고 귀상어 무리 앞에 섰다. 커다란 가오리의 독침은 귀상어에게 충분히 위협적이었다. 게다가 소소리와 촉은 호흡이 잘 맞았다. 결국 소소리는 싸움에서 이겼다.

물론 상처도 많이 생겼다. 그래도 고래 무덤에서 숨어

살던 자신을 벗어던진 기분이 아주 좋았다. 또한 죽지 않고 살아남았다. 예전 같았으면 누군가의 도움을 받는 게 치욕스러웠을 것이다. 하지만 이렇게라도 살았으니 다행으로 여겨졌다. 자신 때문에 어린 고래가 울지 않아도 되니 정말 다행이었다.

"계속 불러 줘. 듣고 싶군."

소소리가 일그러진 얼굴로 웃었다. 애꾸눈 상어의 미소가 아름다울 리 없지만 반쪽이는 그 웃음이 참 좋았다.

"기억하나요, 하늘 고래의 노래를……."

지금까지와 확연히 다른 목소리였다. 반쪽이는 설레는 마음으로 노래를 이어 갔다. 아름답고 신비로운 목소리가 수족관에 울려 퍼졌다. 노래를 듣는 이는 알 수 있었다. 전설 속 하늘 고래가 부르는 노래가 분명했다.

어느 순간 노랫소리가 조금씩 허공에서 흩어졌다. 흩어진 자리에 하모니가 만들어졌다. 목소리가 사라질수록 하모니는 더 강해졌다. 눈앞에서 금빛이 춤을 추었다. 춤추는 금빛은 이내 작은 파도처럼 넘실댔다.

"안 돼……!"

반쪽이가 노래를 멈췄다. 가슴이 방망이질하듯 뛰었다. 아름다운 노래를 부를 수 있다니 기뻤다. 하지만 한편으로는 두려웠다. 고래 가족을 찾고 싶지만 모두의 곁을 떠나는 건 생각해 보지 않았다. 언젠가 헤어져야 한다는 건 안다. 그래도 막상 그 순간이 닥치니 감당하기 어려웠다.

하늘 고래는 바다에서 살 수 없다. 자신이 정말 하늘 고래라면 이곳에서 살 수 없다. 반쪽이는 후포와 소소리 그리고 촉을 둘러봤다. 울컥울컥 슬픔이 솟았다. 이들은 바다에서 만난 가족이었다. 이제 반쪽이는 가족의 품을 떠나 새로운 삶을 시작해야 한다.

"다 컸구나. 이제 내가 따라다니며 잔소리하지 않아도 되겠어."

후포가 반쪽이의 마음을 헤아렸다. 반쪽이는 후포를 꼭 껴안았다. 후포도 반쪽이도 알고 있었다. 이것은 둘이 나누는 마지막 인사였다.

"나는 언제나 널 지켜볼 거야. 지금까지 그랬던 것처럼 말이다. 얘야, 노래를 불러. 하늘 고래야, 너의 노래를 부르렴."

후포가 뒤로 조심히 물러났다. 어느 때보다 평온하고 따뜻한 얼굴이었다.

"이제 너의 모험을 떠나는 거야. 어서 노래를 불러. 이 소소리의 전설을 하늘에도 꼭 전해 주고 말이야."

"잘 가라. 너의 행복을 빈다."

소소리와 촉이 부드럽게 반쪽이를 응원했다.

'나의 모험, 나의 행복.'

반쪽이는 용기를 냈다. 다시 노래를 불렀다. 하늘 고래의 노래가 수족관에 울려 퍼졌다. 아름다운 목소리가 열어지면서 빛이 뿜어져 나왔다. 마침내 목소리가 완전히 흩어지자, 금빛 파도가 너울대며 모두를 감싸안았다. 작지만 완전한 하모니였다.

그때였다.

하늘에서 수많은 하모니가 피어났다. 하얀빛에서 시작된 하모니는 붉은빛과 푸른빛을 휘감으며 순식간에 하늘을 물들였다. 눈부시게 찬란한 빛이었다. 쉴 새 없이 몰려드는 하모니는 금세 하나가 되어 빛의 파도를 이루었다. 눈부신 파도가 하늘에서 수족관으로 몰아쳤다. 작은 고래가 만들어 낸 하모니가 하늘에서 내려온 하모니를 맞이했다. 두 하모니는 마치 처음부터 하나였던 듯 섞였다. 세상 모든 아름다운 색을 올올이 모아 엮어 짠 비단처럼 반짝였다. 반쪽이가 가진 힘을 다해 노래를 불렀다. 그러자 강렬한 금빛 파도가 생겨났다. 금빛 파도는 바다를 박차고 하늘로 퍼져 나갔다. 강한 금빛 하모니가 하늘에 닿았다. 그 하모니를 따라 별 가루가 쏟아졌다. 세찬 비가 내리듯 별 가루가 쉬지 않고 떨어졌다. 눈앞에 보이는 모든 것이 반짝였다. 반쪽이와 곁을 지켜 주던 모두가 별 가루에 흠뻑 젖어 들었다.

반쪽이는 망설이지 않았다. 지금까지 함께한 후포, 소소리, 촉의 마음을 알았다. 외로운 이들이 모여 가족이 되었다. 그들의 사랑이 있었기에 이렇게 잘 컸노라고 보여 줄 차례였다. 꼬리지느러미에 힘을 주고 힘껏 물을 내리쳤다. 몸이 하늘로 솟구쳤다. 쏟아지는 별 가루를 맞으며, 위로 더 위로 헤엄쳤다. 하늘 고래가 사는 세상을 향해서 날아올랐다. 얼룩덜룩한 등이 반짝반짝 빛났다. 더는 반쪽이가 아니었다.

완벽한 하늘 고래였다.

후포의 새로운 이야기

폭풍우가 가라앉은 뒤에야 큰빛은 은을 발견할 수 있었다. 새끼 고래는 찾을 수 없었다. 은은 슬픔에 눈물을 흘렸고, 큰빛 또한 크게 상심했다. 하지만 은과 큰빛은 곧 털고 일어났다. 새끼 고래가 어떻게든 살아 있을 것이라 믿었다. 반드시 찾겠다고 다짐했다. 그렇다면 새끼 고래가 하늘로 올라올 수 있도록 도와야만 했다.

그날부터 은과 큰빛은 쉬지 않고 노래를 불렀다. 많은 별을 춤추게 하여 별 가루를 얻었고, 얻은 별 가루는 모두 바다로 쏟아부었다. 파도는 별 가루를 단숨에 삼켰다. 넓은 바다는 별 가루를 흔적도 남기지 않았다. 하지만 은과 큰빛은 포기하지 않았다. 이것만이 새끼 고래가 하늘로 올 수 있는 유일한 방법이었다.

그렇게 몇 년이 지났다. 은과 큰빛은 약하지만 사랑스러운 하모니를 보았다. 은은 새끼 고래가 태어날 때 보여 준 사랑스러운 빛을 기억했다. 단번에 알 수 있었다. 분명 자신이 낳은 아이의 하모니였다.

은과 큰빛은 더 크게 노래를 불렀다. 더 강렬한 하모니를 만들었다. 그리고 수많은 별 가루를 바다로 내려보냈다.

마침내 하늘로 날아오르는 고래를 보았다. 그토록 찾던 하늘 고래였다. 그토록 애타게 기다리던 그들의 아이였다.

"할아버지, 진짜예요? 정말 아기 하늘 고래가 엄마 아빠 품으로 돌아갔어요?"

"그럼, 정말이지. 내가 봤다니까."

고래 무덤에 사는 어린 물고기 떼가 늙은 바다거북 곁을 맴돌았다.

"에잇! 후포 할아버지. 여행 다녀오더니 허풍이 느셨네요."

소라게가 춤을 추듯 몸을 움직였다.

"허풍이라니, 진짜야!"

후포가 주름진 이마에 잔뜩 힘을 주며 큰소리쳤다.

"그런데 반쪽이는 요즘 통 안 보이네요?"

바닥에서 조용히 이야기를 듣던 불가사리가 물었다. 불가사리는 툭하면 모래를 뒤져 자신을 뒤집어 놓는 반쪽이 때문에 화가 난 적이 한두 번이 아니었다. 그러나 막상 보이지 않으니 조금 허전했다.

"돌아갔지. 고래 가족에게."

후포 얼굴에 그리움이 살짝 스쳤다. 하지만 어린 물고기 떼는 그 사정을 알 리 없었다. 해맑은 얼굴로 다음 이야기를 들려달라고 졸랐다.

"하늘 고래 이야기 또 해 줄까?"

후포가 활짝 웃었다. 매일 반복하는 이야기지만 후포는 지치지 않았다. 그 이야기가 얼마나 실감 나고 재미있는지, 어린 물고기도 처음 듣는 것처럼 매번 빠져들었다.

후포의 새로운 이야기는 고래 무덤에 오면 누구나 들을 수 있었다. 누구는 허풍쟁이라고 했지만 후포는 개의치 않았다. 그리고 그 주위에는 이빨 부러진 애꾸눈 상어가 헤엄쳤다. 애꾸눈 상어는 듣지 않는 척하면서도 늘 이야기에 귀를 기울였다. 그러면서 혼자 웃다가, 슬쩍 눈물을 훔쳤다가, 다시 웃었다.

"소소리 삼촌, 놀아 줘요! 놀아 줘요!"

험상궂게 생긴 애꾸눈 상어를 유독 따르는 물고기들이 있었다. 어린 가오리 오 형제였다. 어찌나 재빠른지 소소리가 숨어도 소용없었다. 바위틈을 뒤져 귀신같이 소소리를 찾아냈다. 그뿐이 아니었다. 툭하면 등에 태워 달라고 졸랐다. 또 장난은 얼마나 심한지, 소소리는 오 형제가 다칠까 봐 전전긍긍하며 쫓아다녔다.

"얘들아, 이제 잘 시간이다. 빨리 엄마한테 가렴."

커다란 가오리가 자신을 쏙 빼닮은 오 형제를 재촉했다.

"촉, 오늘인가?"

소소리가 물었다.

"너무 기대하지는 마. 여기는 북쪽에서 꽤 먼 곳이니까."

촉이 무심히 대답했다.

반쪽이가 떠나고 후포와 소소리는 고래 무덤으로 돌아왔다. 촉은 몇 년간 다른 곳을 떠돌았다. 그러던 어느 날 촉이 갑자기 고래 무덤을 찾아왔다.

"그동안 하모니를 따라다녔어. 겨울이 끝날 때쯤 고래 무덤 근처의 하늘까지 오더군. 예전에는 그러지 않았는데 말이야."

"그걸 알려 주러 여기까지 온 건가?"

"후포 영감도 행복해지면 좋잖아."

촉은 그날부터 고래 무덤에서 살았다. 그리고 촉의 말대로, 겨울이 끝나는 날 고래 무덤에서 멀지 않은 바다로 나가면 정말 하모니가 보였다.

"그럼 가 볼까?"

촉은 소소리와 함께 후포에게 갔다. 마침 후포는 어린 물고기 떼를 집으로 돌려보내던 참이었다.

셋은 고래 무덤에서 북쪽으로 얼마쯤 올라갔다. 물 위로 올라가서 밤하늘을 올려다봤다. 달빛과 별빛이 잘 보이는 밤이었다. 말없이 하늘을 보며 하모니를 기다렸다. 얼마 뒤, 먼 하늘에서 희미하게 퍼져 나가는 금빛 파도가 보였다. 몸 절반이 반짝이는 고래가 보인 것도 같았다.

"잘 지내나 보군."

후포가 고개를 끄덕였다. 후포는 금빛 파도가 사라지고도 한참을 더 하늘을 올려다봤다.

물 아래에서는 노래하는 조개가 물방울을 만들고 작은 물고기가 춤을 췄다. 소라게는 여느 때처럼 작은 다리로 부지런히 바위를 넘었고, 성게는 뾰족한 몸으로 물방울을 터뜨렸다. 어린 가오리 오 형제는 엄마 옆에 누워서 행복한 꿈을 꾸는 중이었다. 그 누구도 외롭지 않았다.

고래 무덤의 밤은 평화로웠다.

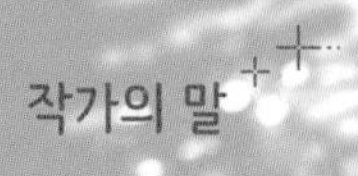

하늘 고래의 노래를 들어 본 적이 있나요? 바다 고래의 노래는요?

바다에 사는 고래들은 주파수로 의사소통을 한다고 해요. 사람들이 말로 이야기를 나누는 것처럼요. 하지만 고래가 모든 주파수를 알아듣는 건 아니에요. 고래가 들을 수 있는 주파수의 범위는 제한적이거든요.

실제로 '52'라 불리는 고래가 있어요. 다른 고래는 이 고래가 내는 주파수를 알아들을 수 없어요. 대부분의 고래가 쓰는 주파수의 범위를 벗어난 52헤르츠로 노래하거든요. 그래서 고래 52는 무리를 짓지 못하고 홀로 바다를 헤엄치며 긴 여행을 한다고 해요. 이런 모습 때문에 세상에서 가장 외로운 고래라고 불리기도 하죠. 나는 궁금했어요. 왜 이 고래는 다른 고래와 주파수가 다른 걸까요?

하늘이 유난히 반짝이는 어느 밤이었어요. 갑자기, 정말 갑자기 외로운 새끼 고래가 나를 찾아왔어요. 새끼 고래는 목소리가 참 이상했어요. 많이 지치고 외로워 보이기도 했고요. 나는 이 고래에게 가족을 찾아 주고 싶었어요. 하지만 어떻게 해야 할지 몰랐지요. 방법을 찾으려 애쓰던 가운데 하늘 고래에 대해 알게 되었어요. 그때 깨달았어요. 아, 이 고래가 달라 보이는 이유는 하늘 고래이기 때문이구나. 사실은 아주 특별한 고래였구나. 다시 하늘로 돌아갈 수 있게 내가 도와줘야겠다. 그래서 나는 새끼 고래와 함께 긴 여행을 떠났어요.

여행하는 동안 우리는 많은 친구를 만났어요. 어쩌면 우리가 사귄 친구들이 남들 눈에는 어딘가 부족해 보였을지도 몰라요. 하지만 우리는 진심으로 서로를 아꼈어요. 그래서 힘든 여행이었지만 끝까지 해낼 수 있었지요.

여러분에게도 외로운 고래가 찾아올지 몰라요. 몸을 웅크린 채 여러분 마음속 어딘가에 숨어 있을 수도 있고요. 그 고래에게는 마음을 나눌 친구와 자신의 특별함을 알아봐 줄 친구가 필요해요. 주위를 둘러보세요. 나와 함께 여행을 떠나 줄 친구가 있을 거예요. 마음의 문을 활짝 열고 친구의 손을 잡으세요. 그럼 아무리 힘든 여행도 힘차게 나아갈 수 있을 거예요.

우리는 모두 특별해요. 다만 눈치채지 못했을 뿐이지요. 내게 온 고래가 가진 특별함을 더 빨리 찾아 주고 싶다면 용기를 내어 여행을 떠나는 건 어때요? 여러분은 충분히 할 수 있어요.

여러분 마음속 고래가 반짝반짝 빛나며 힘차게 날아오르는 순간을 기대할게요.

별빛이 춤추는 하늘 아래에서
이현아

작은거인 63
하늘 고래의 노래

펴낸날 1판 1쇄 2024년 11월 22일 인쇄 2024년 11월 29일 발행

글 이현아 **그림** 리페

펴낸이 문상수 **펴낸곳** 국민서관㈜ **출판등록** 제406-1997-000003호

본부장 목선철 **책임편집** 고은비 **편집** 금혜린, 한가원 **디자인** 이성호, 박성은

마케팅 조병준, 조수빈 **제작** 윤여동

주소 (10881) 경기도 파주시 광인사길 63 국민서관㈜

전화 070)4330-7842 **팩스** 070)4850-9062

인스타그램 @kookminbooks **페이스북** http://www.facebook.com/kookminbooks

카페 http://cafe.naver.com/kmbooks **포스트** http://post.naver.com/kookminbooks

ISBN 978-89-11-13138-9 73810 **값** 14,000원